纵有疾风起

赵丽宏 著

江苏凤凰文艺出版社
JIANGSU PHOENIX LITERATURE AND
ART PUBLISHING

图书在版编目（CIP）数据

纵有疾风起 / 赵丽宏著. -- 南京 : 江苏凤凰文艺
出版社, 2024. 7. -- ISBN 978-7-5594-8715-5

Ⅰ. I267

中国国家版本馆CIP数据核字第20249NT454号

纵有疾风起

赵丽宏 著

责任编辑　项雷达
图书监制　马利敏　孙文霞
策划编辑　刘文文　赵小玉
封面设计　末末美书
版式设计　姜　楠
出版发行　江苏凤凰文艺出版社
　　　　　南京市中央路 165 号，邮编：210009
网　　址　http://www.jswenyi.com
印　　刷　唐山富达印务有限公司
开　　本　880 毫米 × 1230 毫米　1/32
印　　张　9.5
字　　数　240 千字
版　　次　2024 年 7 月第 1 版
印　　次　2024 年 7 月第 1 次印刷
书　　号　ISBN 978-7-5594-8715-5
定　　价　56.00 元

文学作伴，青春不老

在少年时代，我是一个文学爱好者，阅读精彩的文学作品带给我的快乐，使我毕生都回味不尽。在当阅读者的时候，我从来没有想过自己将来也会选择以写作为生，没有想过我会成为一个作家。那时，我觉得作家都是一些聪明绝顶的人，他们历尽沧桑，登临绝顶，俯瞰人生，是一些思想深刻、感情丰富、才华横溢、想象力过人的人，他们是灿烂而遥远的星辰，可望而不可即。

五十多年前，我在家乡崇明岛插队落户。面对着寥廓旷野，面对着苍茫天空，面对着在夜风中飘摇的一茎豆火，我沉迷在文学书籍中，沉迷在写作中，阅读和写作，使我忘却了身边的困境，忘却了物质生活的匮乏，忘却了孤独。那时，我不到二十岁，身体瘦弱，沉默寡言，常常一个人在田野里沉思冥想。每天夜晚，独自面对着一盏飘摇不定的油灯，我在日记本上涂鸦。

我写生活的艰辛，写我的饥饿，写大自然对我的抚慰，写我的困惑和憧憬。我以文字为画笔，描绘我周围的风俗和人物。那时的写作，没有任何功利之想，没有杂念，只是觉得在孤独和困苦中这样写着，不仅宣泄了我心中的惆怅和苦闷，也使我的日子变得充实，使我的生活有了一种寄托和期盼。

文学，像流动的泉水，滋润着我年轻而干渴的心灵。因为有了文学的陪伴，我的日子变得有生机，有希望，有期冀。幻想的翅膀携着我上天入地，穿越古今，抵达我希望抵达的任何地方。文学为一个生活在困顿迷茫中的年轻人展现了辽阔的空间，让我自由飞翔。那时，我没有想过要当作家，喜欢读书和写作的感觉，犹如一个绝望的落水者在即将被淹没时抓到了救命稻草，而这稻草，渐渐变成了航船，载着我开始了美妙的远航。

我写作，是因为我心里有话要说，有感情要倾吐。在人群中，我是一个不善言词的人，我讨厌常常无法把心里话流畅地表达出来，也讨厌喋喋不休。我以为，内心世界的丰繁缤纷，用嘴巴是无论如何也说不出来的。还好，还可以用文字来表达，可以写作。每个人的心里都有一个奇妙的魔匣，里面装着形形色色的喜怒哀乐，装着上天入地的荒诞幻想，装着曾经发生或者可能发生的故事。有些人，永远也没有机会打开这只魔匣，而写作人却可以不时打开这魔匣，让里面关着的精灵自由地飞出来，飞向辽阔的世界，飞向陌生的心灵，使心和心的距离由遥远变得亲近。

写作促使我思索，使我激动也使我平静。作为一个写作人，我必须睁大了眼睛观察世界，观察人，也不断地审视自己。写作使我更深切地认识人生，也认识自己，使我能在喧嚣中保持心灵的宁静。

　　文学曾经陪伴我度过曲折的青年时代，我的青年时代因此变得丰富而激情多姿。现在我已经两鬓斑白，但我还是觉得自己的心和年轻时一样，对世界充满好奇，对未来的生活有所期盼，因此还要不断地思索和表达，不断地写。生理的青春正在渐渐远去，但心灵却因为有文学陪伴而依然保持着青春的激情，这也是一种幸运。

赵丽宏

2024 年 6 月 16 日于四步斋

目 录

第一章

顶碗少年

是的，人生是一场搏斗。

敢于拼搏的人，才可能是命运的主人。

在山穷水尽的绝境里，再搏一下，也许就能看到柳暗花明；

在冰天雪地的严寒中，再搏一下，一定会迎来温暖的春风！

❖ 亮色

这是一辆极其破旧的轮椅。因为锈迹斑驳，已经无法辨认它当初是何种颜色。两个轮子的扭曲很明显，转动时车身一颠一颠，像一个醉汉。从嘈杂喧闹的农贸市场经过时，它吱吱呀呀的声音仍能被人听见。

如果说，轮椅的破旧只是引起了我的注意，那么，当我的目光在坐轮椅者的身上停留时，我起先是惊讶，随即便被深深地吸引了。坐在轮椅上的是一位清瘦的老人，年纪在六十岁上下。从他那身褪了色、打着补丁的蓝衣衫裤上不难看出，他过的是一种贫寒的生活。使我惊奇并使我感慨不已的，是挂在轮椅上的那只小竹篮。小竹篮里装着他刚刚选购来的两样东西：一捆空心菜，两枝长菖兰。那捆空心菜叶大秆粗，色彩也不鲜嫩，显然他是挑了最便宜的。两枝菖兰一红一白，花枝上结满了将开未开的蓓蕾，但显得瘦弱纤细，毫无疑问，在个体户的鲜花摊上，这也是价钱最低的品种。菖兰和空心菜放在一起，素雅而高洁，就像是在一幅调子灰暗的油画中极醒目地加入明朗鲜亮的一笔，就因为这一笔，整幅油画都变得明亮起来。

老人神态安详地摇着他的轮椅缓缓离去，而那只装着空心菜和菖兰的小竹篮却久久地在我的眼前晃动着，使我的心情无法平静。一个离不开轮椅的残疾老人，每天的菜肴只是一捆空心菜，竟然还想到省出钱来买花，这是何等凄凉又何等动人的一种景象。我也算是花店和花摊的常客，我观察过形形色色的买花者，其中大多是打扮时髦的青年男女，也有衣着简朴却不失风度的中年人和老年人，还有兴致勃勃的外国人。买花，似乎是生活富足、情趣高雅的一种象征，而且两者紧连在一起。像这样坐着破轮椅、穿着旧衣衫的买花者，我还是第一次见到。

我无法揣测老人的身世和家境，但我可以断定，他热爱生活、热爱生命。那两枝瘦弱却美妙的菖兰便是明证。

可敬的老人！但愿他的生活中鲜花常开，也愿他的菜篮子里装的不再仅仅是空心菜。

❖ 夕照中的等待

下午四点钟，阳光乏力地照到新居的窗上，像一幅懒洋洋的窗帘，能感觉到它缓慢无声地飘动，却无法将它掀起，无法随手将它收拢。

阳光由亮而暗，由金黄而橘红，这些细微却不可逆转的变化，正是我所期待的。

没有阳光的日子，窗外是一片灰蒙蒙的天。我似乎另有期待……

"笃，笃，笃，笃……"

门外楼梯上，响起了一阵清晰而沉着的声音，好像是有人拄着拐杖从楼上下来，经过我的门口，又缓缓下楼。这声音节奏实在慢得很，那笃笃之声由上而下，由重而轻，在我耳畔回旋老半天，依然余音袅袅。

大约过了半个小时，那声音复又从楼下响起，慢慢又响上楼去。这声音节奏更慢，更为浊重。

刚搬进新居那几天，从早到晚杂乱的脚步声不断，听到那笃笃之声时，我只是闪过这样的念头：大概是一个老人，或者是一个病人。

　　一天天过去，那声音天天在四点钟光景响起，从不间断。于是我生出了好奇之心。

　　有一天，那声音响过我的门口时，我轻轻地打开门。门外的景象震撼了我的心——那是一个身材高大却骨瘦如柴的老人，他佝偻着身子，一手扶着楼梯栏杆，一手撑着拐杖，艰难地从楼上走下来，每走一步，浑身都会发出一阵颤抖。听到我开门的声音时，他抬头笑了一笑，嘴里发出一阵含糊不清的声音，很显然，他在和我打招呼，而且很友好。他那灰黄的脸上显露的笑容有些骇人，布满老年斑的皮肤下凹凸着头骨的轮廓。

　　如果把生命比作一支蜡烛的话，这老人的生命之火大概已快燃到了尽头。他为什么每天这时候都要走上走下？那一百八十级楼梯对他简直就是一场艰苦而又漫长的马拉松。我无法解开心中的疑团，情不自禁地跟着他走下楼去。

　　老人双手拄着拐杖，坐在门口的一个花坛边上，目光呆滞地望着前方那空无一人的路，沐浴在温暖而凄凉的光芒中，像一尊苍老的雕塑。注意到他的眼睛时，我不觉怦然心动。这是一双充满渴望的生机勃勃的眼睛，那渴望犹如平静的池塘深处涌动着巨大的漩流。

　　我在路上慢慢地走，迎面遇到了骑自行车过来的邮递员。这是个沉默寡言的小伙子，因为我的邮件特别多，而且他知道我以写作为生，所以见到我很客气，但也从不啰唆。他从邮包中掏出给我的信件和《新民晚报》，目光却越过我的肩膀注视着我的身后。"怎么？你认识这位老人？"我诧异地问。

　　邮递员从邮包中抽出一份报纸，很平静地答道："是的。他在等我，等《新民晚报》，每天都等。"说罢，他丢下我，急匆匆地奔向那老人。

　　老人笑着接过报纸，嘴里又发出一阵含糊不清的声音，这次我听清楚了，他是在道谢。

　　送报纸的小伙子骑着自行车走了。老人没有回身上楼，又坐到花坛边上。他把拐杖搁在一边，双手捧着报纸读起来。他的手在颤抖，报纸便随着手的颤抖晃个不停。鼻尖几乎碰到报纸，眯缝着的眼睛里闪动着焦灼、激动、贪婪而满足的目光。

　　一张晚报，对他竟有这么大的吸引力！

　　"这位老公公九十岁了，一张晚报是伊命根子，勿看见晚报，伊会在门口一直坐到天墨墨黑，侬讲滑稽勿滑稽？"说话的是底楼的一位孕妇，她腆着大肚子，站在门口一边打毛线，一边笑着告诉我。

老人已经颤巍巍地拄着拐杖走进门去。于是，那"笃笃笃笃"的声音又在楼梯和走廊里久久地回响……

此后天天如此，不管阴晴雨雪，每到下午四点，那拐杖声便在楼梯上响起，仿佛已成为我们这栋楼的一个组成部分。我在读晚报的时候，很自然地便会想起老人那焦灼、激动、贪婪而满足的目光。晚报上的消息和文章大多平平淡淡，然而大上海三教九流形形色色的生活却展现其中。晚报打开了一扇窗口，为老人孤独寂寞的晚年吹送着清新的风。一张晚报，在他面前是一个广阔而又热闹的世界，埋头在报纸里的时候，他的感觉也许就像已置身在这个世界中一样了。

一天傍晚，我出门办事回来，看见老人已在门口坐着等邮递员了。他将下巴支在拐杖扶手上，目光紧盯着那条空无一人的路。不一会儿，天下起雨来，雨珠又大又密，很快就把黄昏的世界淋得透湿。这时，只见好几个人围着老人，底楼那位孕妇清脆的嗓音很远就能听见："老公公，今朝晚报勿会来了，侬还是回家去吧。天黑了，侬衣裳也淋湿了……"

接下来是一个中年男人不耐烦的声音："爹，你何苦这样呢？每天跑上跑下，身体吃勿消。晚报看勿看有啥关系！"这大概是老人的儿子。我曾在楼梯上和他打过几次照面，是个衣冠楚楚的高个子男人。

"唉，真是烦死人！晚报晚报，断命格晚报，弄得一家人勿太平！勿看见晚报像要伊格命一样！我看啊，下个月索性停脱算了！"说话的肯定是老人的儿媳妇了，一个喜欢穿花衣花裤的满脸横肉的女人。

刚才发生的事情，不用解释我也明白了。晚报没有送来，老人一直在雨中等到现在，所以才引出麻烦来。

我走近门口，只见老人头上披着一张透明的塑料布，坐在花坛边上，神情木然，呆滞的目光流露出近乎绝望的悲哀。周围的人在说些什么，他似乎一句也没有听见。几位邻人面露恻隐之色，那孕妇打着一把雨伞站在老人的身边，显得手足无措；老人的儿子皱着眉头，显然，他已最大限度克制了自己的情绪；穿着花衫花裤的儿媳妇则满脸愠怒。眼见围观的人多起来，那一对愤怒的夫妇不由分说地架起老人就往楼里拖，留下一群围观者在门口叹息：

"唉，作孽！作孽！"

"这老头子也有点儿怪，一天勿看晚报有啥关系，非要一直等下去。"

"伊活在世界上就剩下这一点点乐趣，侬哪能怪伊呢！"

"唉，到这样一把年纪，人活着也无啥味道了。"

人们摇着头默默地散去。这一天的晚报终于没有送来。

第二天下午，我留心谛听门外的声音，拐杖声却始终没有出现。我下楼去取晚报，正好遇到那位年轻的邮递员。

"哎，老公公今天怎么不等我了？"邮递员一边往信箱里分发报纸一边问。

"他昨天淋在雨里等你到天黑。今天他大概不想再白白地等三个小时了。"站在门口的孕妇笑着和邮递员开玩笑。

邮递员愣了一愣，说："昨天是印刷厂出毛病，我们也没办法。"说着，他把已经塞进六楼信箱的那份晚报又抽出来，转身"噔噔噔"地奔上楼去，几分钟后，小伙子脸色肃然，步履沉重地走下楼来。

"老公公怎么了？"我问。

"病了。"他只回答了两个字。

这以后，大约有一个星期没见老人下来。那"笃笃笃"的拐杖声从楼梯消失了。而六楼的那份晚报，竟也真的停了——老人儿媳妇的建议，大概兑现了。

那天下午，黄昏的阳光又准时地照到了窗上。这时，我简直难以相信自己的耳朵——门外楼梯上，那消失了许多天的拐杖声又响了。

"笃，笃笃，笃，笃笃笃……"

那声音和以前明显不同，节奏极慢，毫无规律。从那慢而紊乱的声音里可以想象出老人举步维艰的样子。我开门往外看时，老人一手拄拐杖，一手扶楼梯把手，正弓着背站在楼梯拐弯处，大口大口地喘气。他的脸色灰白，目光呆呆地俯视着楼梯下面。这里离地面还有五层楼！

我走近老人，想扶他下楼。老人抬起头，咧开嘴朝我笑了一笑，慢慢地摇摇头，然后又开始往下走。他浑身颤抖着，脚每跨下一步都要花极大的力气，握拐杖的手显然已力不从心，拐杖毫无目的地在地面拖着……

十分钟以后，老人终于又坐到了门口的花坛边上。他像往常一样，将下巴支在拐杖把手上，凝视前方的依然是一双充满渴望的生机勃勃的眼睛。他家订的那份晚报已经停了，难道他不知道？邮递员来了，还是那个年轻的小伙子。他老远就大喊："哎，老公公！你好！"

老人的眉毛动了一动，双目炯炯生光。

小伙子在老人面前下了车，不假思索地从邮包中抽出一份晚报塞到他手里。

老人埋头在晚报中，再也不理会周围的一切。晚报遮住了他的脸，我无法观察到他的表情，只见他那双紧抓住晚报的手在颤抖。那双枯瘦痉挛的手使我联想起溺水者最后的挣扎。

老人在花坛边上一直坐到天黑，他的脸始终埋在晚报之中。

他是怎么回到楼上的我不知道，因为我再没有听见拐杖声响过。

第二天早晨，听邻人说，六楼那位老公公死了，死在夜深人静时。他的儿子和儿媳妇发现他死的时候，老人已经僵硬，手里还紧攥着那张晚报。

"砰——叭！"

一个爆竹突然在空中炸响，打破了早晨的寂静。原来是底楼那位孕妇在同一天夜里顺利地生下一个六斤四两的儿子。

"砰——叭！"

清脆的爆炸声迎接了一个新生命的诞生，也送走了一个留恋人世的老人。

❖ 顶碗少年

　　有些偶然遇到的事情，竟会难以忘怀，并且时时萦绕于心。因为，你也许能从中不断地得到启示，从中悟出一些人生的哲理。

　　这是二十多年前的事情了。有一次，我在上海大世界的露天剧场里看杂技表演。节目很精彩，场内座无虚席。坐在前几排的，全是来自异国的旅游者，优美的东方杂技，使他们入迷了，他们和中国观众一起，为每一个节目喝彩鼓掌。一位英俊少年出场了。在轻松优雅的乐曲声里，只见他头上顶着高高的一摞金边红花白瓷碗，柔软而又自然地舒展着肢体，做出各种各样令人惊羡的动作，忽而卧倒，忽而跃起……碗，在他的头顶上摇摇晃晃，却总是掉不下来。最后，是一组难度较大的动作——他骑在另一位演员身上，两个人一会儿站起，一会儿躺下，一会儿用各种姿态转动着身躯。站在别人晃动着的身体上，很难再保持平衡，他头顶上的碗，摇晃得厉害起来。在一个大幅度转身的刹那间，那一大摞碗突然从他头上掉了下来！这意想不到的失误，让所有的观众都惊呆了。

台上，并没有慌乱。顶碗的少年歉疚地微笑着，不失风度地向观众鞠了一躬。一位姑娘走出来，扫起了地上的碎瓷片，又捧出一大摞碗，还是金边红花白瓷碗，整整十只，一只不少。于是，音乐又响起来，碗又高高地顶到了少年头上，紧张不安的观众终于又陶醉在他的表演之中。到最后关头了，又是两个人叠在一起，又是一个接一个艰难的转身。碗，又在他头顶厉害地摇晃起来。观众们屏住气，目不转睛地盯着他头上的碗……眼看身体已经转过来了，几个性急的外国观众忍不住拍响了巴掌。那一摞碗却仿佛故意捣蛋，突然跳起摇摆舞来。少年急忙摆动脑袋保持平衡，叮是来不及了。碗，又掉了下来……

场子里一片喧哗。台上，顶碗少年呆呆地站着，脸上全是汗珠，他有些不知所措了。还是那一位姑娘，走出来扫去了地上的碎瓷片。观众中有人在大声地喊："行了，不要再来了，演下一个节目吧！"好多人附和着喊起来。一位矮小结实的白发老者从后台走到灯光下，他的手里，依然是一摞金边红花白瓷碗。他走到少年面前，脸上微笑着，并无责怪的神色。他把手中的碗交给少年，然后抚摩着少年的肩胛，轻轻摇撼了一下，嘴里低声说了一句什么。少年镇静下来，手捧着新碗，又深深地向观众鞠了一躬。

音乐第三次奏响了！场子里静得没有一丝声息。有一些女观众，索性用手捂住了眼睛……

这真是一场惊心动魄的拼搏！当那摞碗又剧烈地晃动起来时，少年轻轻抖了一下脑袋，终于把碗稳住了。全场响起了暴风雨般的掌声。

在以后的岁月里，不知怎的，我常常会想起这位顶碗少年，想起他那一次的演出，每当想起，总会有一阵微微的激动。这位顶碗少年，当时的年龄和我相仿。我想，现在早已是一位成熟的杂技艺术家了。我相信他不会在艰难曲折的人生和艺术之路上退却。我确信，他是一个强者。当我迷惘、消沉，觉得前途渺茫的时候，那一摞金边红花白瓷碗坠地时的碎裂声，便会突然在我耳畔响起。

是的，人生是一场搏斗。敢于拼搏的人，才可能是命运的主人。在山穷水尽的绝境里，再搏一下，也许就能看到柳暗花明；在冰天雪地的严寒中，再搏一下，一定会迎来温暖的春风——这就是那位顶碗少年给我的启迪。

❖ 炊烟

在人迹罕至的深山密林里，假如看见一缕炊烟……

在饥肠辘辘的旅途中，假如看见一缕炊烟……

也许不会有什么比它更亲切了。那是一种动人的招手，是一种充满魅力的微笑，是一个似曾相识的陌生人，友好地向你挥动着一方柔情的白手绢……

掸落飘在肩头的枯叶，擦了擦额头的汗珠，我终于看见了远方山坳里的炊烟。它优美地飘动着，无声无息地向我透露着一个质朴的希望。心中的惶乱被它轻轻地抚平了——在深山里走了大半天，饥饿、疲乏、山重水复的怅惘，曾经使我的脚微微地颤抖，步伐也失去了沉稳的节奏……

我急匆匆地走向山坳，走向炊烟。我想象着炊烟下可能出现的情景：大蘑菇似的小木屋，屋里，许是一个白胡子的看林老人，许是一个山泉般水灵的小姑娘，都带着一些童话的色彩……

果然看见两间小木屋了，只是普普通通，不像大蘑菇。木屋里走出一个胖胖的中年妇女，黑红的脸颊上，洋溢着只有山里人才有的那种健康的光彩。"客人来啦，快进屋里歇吧！"没等我开口，她就笑声朗朗地叫起来。一个矮小的男人应声走出来，这自然是她的丈夫了，他只是微笑着点头，似乎有些腼腆。

　　"能不能……麻烦买一点儿吃的？"早已过了吃午饭的时间，我不好意思地问。

　　"那还要问，坐下，先喝碗茶！"她把我按在一把竹椅上，转身从灶台的铁锅里舀给我一碗热气腾腾的开水，又悄声叮嘱了丈夫几句，那男人一声不吭地走出门去了。灶台有点儿脏，她也许怕我看了不好受，找来一块抹布仔细擦了一擦。"山里人邋遢，将就一下啦！"她一边笑着，一边又从水缸里舀水洗那口空着的铁锅，一连洗了三遍。

　　不一会儿，那男人拎着满满一篮红薯和芋头回来了，并且已经在山溪中洗得干干净净。她把红薯和芋头倒进锅里，坐到灶背后烧起火来，他不知又到哪里去了。

　　小木屋里静下来，只有门外哗啦哗啦的林涛和灶膛里哔剥哔剥的柴火声，一起一落地在耳畔响着，协奏出一首奇妙的曲子。我喝着茶，打量着小木屋里的一切：简朴而结实的桌、椅、橱；门背后各种各样的农具；一架亮晶晶的半导体收音机，挂在一张毛茸茸的兽皮边上……这山里的农户，真有点儿世外桃源的味儿了。

红薯和芋头馋人的香味在小木屋里飘溢起来。"吃吧，爱吃多少就吃多少，只是别嫌粗糙啦。"她把一大盆冒着热气的红薯、芋头放到我面前。

哦，红薯和芋头，竟是那么香，那么甜，不仅抚慰了我的饥肠，也驱除了我的疲乏。这是我一生中最美的午餐之一！

她坐在一边，快活地笑着看我狼吞虎咽，手中不停地打着一件鲜红的毛衣，毛衣不大，像是孩子穿的。

"你有几个孩子？"

"有两个女儿，到山外读书去了，一个上小学，一个念中学，都寄宿在学校里。我想让她们将来都上大学呢！现在山里人富了，什么也不愁，就指望孩子们有出息。"她笑着回答，语气颇为自豪。这小木屋里，也有着和山外世界同样的憧憬和向往……

吃饱了，歇够了，该继续赶路了。我掏出一些钱给她。

"钱？"她又笑了，"这儿不是商店，快放回你的口袋里吧。如果不忘记山里的人，以后再来！"我的脸红了，也不知是为了什么，也许是为了这城里人的习惯……

起身走时，我发现背包变得沉甸甸的，打开一看，竟塞满了黄澄澄的橘子！是他，原来刚才去了橘林。"都是自家种的，带着路上解解渴。"他在一边腼腆地笑着，声音很轻，却诚恳。

我走了。她和他并肩站在门口，不停地向我挥手。

"再来啊！"他们的声音在山坳里回荡……

走远了，小木屋消失在绿色的林涛之中，只有那一缕炊烟，依然优美地在天上飘……再来，也许永远没有机会了，然而我再也不会忘记武夷山中的这一缕炊烟。炊烟下，并没有什么惊心动魄的传奇故事，却有真诚，有纯朴，有人间最香甜的美餐……

❖ 两个男子汉和一群猛兽

我们的眼前是一片荒凉的树林，地上杂草过膝，一间茅草屋像一个披头散发的野人，几扇洞开的门窗是他的黑黝黝深不见底的眼睛，正失神地注视着我们。茅屋背后兀立着一棵高大的枯树，枯枝交错着伸展在空中，仿佛一只干瘦痉挛的巨手……

一头雄狮静静地卧在茅屋前闭目养神，我们的脚步惊动了它，它突然睁开眼睛盯着我们，嘴巴微微地张开，露出黄色的獠牙。那神态虽然无精打采，可它一对灰黄色的眼睛里显然蕴藏着凶险……一头黑豹站在一棵树下，威风凛凛地用它那勇猛残忍的目光观察我们。

茅草边的灌木丛摇晃了一下，一片金黄的色彩随即从灌木丛里闪出来，是一头印度虎。它在那里不安地踱步，全然不理会逼近它的杂沓的脚步声……两只金钱豹卧在树林深处的一个小土丘上，警惕地观察着通向林中的小路……

草丛慌乱地摇动着，发出窸窸窣窣的微响。是一条巨蟒！

看不见蟒头，只见到一段一段斑驳光滑的身体在草丛里蠕动……

荒凉的丛林，被遗弃的茅屋，再加上这样一群自由自在的猛兽，组合成了可怕而又险恶的世界，而我们恰恰就站在了这个世界的中心！

这是在墨西哥城的丘鲁布斯尧电影制片厂后园，一个闻名世界的动物驯养场，我们周围那些暴露着的或者隐藏着的猛兽，都曾经在许多电影中扮演过各式各样的角色。尽管陪我们来参观的墨西哥友人若无其事地微笑着，但谁也不敢到处乱走，唯恐冒犯了这群沉默的、看似平静的猛兽。

驯服这群猛兽的人，真是一批了不起的人！我问陪我们前来的墨西哥国家电影局局长贝雷斯先生：“能不能见一见这里的驯兽师？”“哦，胡安兄弟！”贝雷斯先生话音刚落，胡安兄弟俩已经出现在我们面前。这是两个彪形大汉，两个相貌英俊、充满雄性魅力的美男子。两条瘦而凶悍的猎狗一前一后跟随着他们，像一对忠实的保镖。弟弟个子更高，显得略微清瘦，他穿着一身破旧的牛仔服，袖筒和裤管都已破成锯齿般的一条一条，不知是故意如此还是被猛兽们撕咬的。他的肩头停着一只猎鹰，猎鹰展开了巨大的翅膀，却并不飞起来，只是用翎毛轻拍着主人的后脑勺，一副亲热的样子。

兄弟俩笑吟吟地站在我们面前，简直就是神话中的人物。

走过黑豹身边时，哥哥摸了摸黑豹的头，黑豹也亲热地向主人身上靠着，眼中的凶光顿时消失得一干二净。弟弟更绝，一把搂抱起那头印度虎，扛到了自己宽阔的肩头，猎鹰惊惶地飞起来，在主人头顶上盘旋了几圈。停落在茅屋背后的那棵枯树上，目光炯炯地谛视着主人肩上的斑斓猛虎……

我曾在国内多次看马戏表演，也有几位驯兽师朋友，然而逢到驯虎驯狮，是定要隔着铁笼子看的。观众在笼子外为驯兽师捏着一把汗，驯兽师在笼子里也不轻松，脸上保持着微笑，浑身的神经却都紧绷着，每一秒钟都在提防对方会不会做出什么越轨的动作来。而胡安兄弟却在离我们近在咫尺的地方随随便便摆弄着猛兽们，就像在差遣一群小猫小狗。人类和猛兽和平共处到这种地步，实在令人惊叹。

胡安兄弟走到我们中间，不断地做出使我们意想不到的举动。哥哥在上衣口袋里摸着，摸出来的竟是一只奇大无比的蜘蛛！这是我见到的最大的一只蜘蛛，如果让它的脚趴开，整个肢体的直径差不多有一尺，就像一只大螃蟹。它的身体和脚黑黄相间，长满了细密的绒毛。假如是一只毒蜘蛛，只要它轻轻咬一口就能致人死命。一位墨西哥作家告诉我，这只被驯服的大蜘蛛价值数千美元，它曾在一部美国影片中成功地扮演了一个令人毛骨悚然的可怕角色：一个谋财害命的恶棍，利用它来做杀人的工具。

胡安哥哥笑着把蜘蛛放到王元化的肩头，让它在那里慢慢爬动。

"不要紧张，它不会咬人。它还是头一次爬到一个中国人身上，它会很高兴的。"胡安哥哥幽默地笑着，引得所有人都笑起来。这只曾在银幕上使人心惊胆战的杀人凶犯，此刻仿佛成了温柔的吉祥物。

胡安弟弟向空中一挥手，停在枯树上的猎鹰拍拍翅膀飞离枝头，迅疾地扑下来，落到了主人的手上。

"怎么样，和墨西哥的鹰合影留念吧！"胡安弟弟说着，轻轻地把鹰放到了王元化的肩头。

接下来的场面是最惊心动魄的。胡安弟弟从草丛中抱起那条一丈多长的大蟒蛇，让它缠在自己身上。大碗口粗的蛇身从腰间一直缠到颈脖上，蟒蛇的头几乎贴着他的脸。那血红的舌头一吐一缩，眼看着就要舔到他的脸颊。胡安弟弟面不改色地笑着，像在做极轻松的游戏。"你们中国作家有没有胆量，也让它来缠一下？请放心，它很温顺。"

胡安弟弟的建议使我们面面相觑。中国作家代表团中，除王元化外，还有张一弓、树棻，都是五十岁出头的人。看来，得由我来冒一次险了，总不能让对方小觑了中国作家的胆量。

胡安弟弟托起大蟒搁到我的肩头，我只感到肩上一沉，像挑上了一副很有分量的担子。蟒蛇的下半段很快缠绕在我的胸腰之间，而且越缠越紧，使我的呼吸也受到妨碍。蟒蛇的腹部搁在我的颈脖处，那又冷又滑的蛇皮正好擦到我的颈部，我全身都隐隐地起了一阵鸡皮疙瘩。垂在腰间的蛇头慢慢地伸起，向我的脸部靠近，我感到自己是被这条冰冷沉重的大蟒紧紧地裹住了。它默默地、有力地、锲而不舍地缠着我，裹着我，那对贼亮的小眼睛和那根血红的舌头中似乎凝集了世间的阴险、凶残和邪恶。此刻我能做到的，只是用右手抓紧大蟒的颈部使劲推着，不让蟒头靠近我。我的脑海中，闪电般地掠过一些念头：

　　假如此刻是在荒无人烟的密林里……
　　假如围观的人群突然离我远去……
　　假如缠着我的大蟒真的兽性大发……

　　我和大蟒的"搏斗"大概持续了三分钟，胡安弟弟给我解了围。他走过来抓住大蟒，使我挣脱了它的缠绕。周围的人们以热烈的掌声报答我，我很有些得意。那条大蟒则在人们的掌声中无声地消失在草丛里……

树蔡用他的照相机拍下了我被大蟒缠着的镜头。我事后从照片中看到了自己当时的表情：身体极度紧张地和大蟒对峙着，脸上却还露出微笑来，尽管笑得很有些尴尬。用微笑掩饰内心的恐惧，这大概也是一种在众目睽睽之下生出的本能吧。

大蟒刚刚消失，三只大猩猩在胡安兄弟的一阵吆喝声中出现了。两只猩猩以极快的速度爬到了一棵高高的棕榈树顶端，居高临下地俯视着我们，嘴里发出怪诞的喊叫，像是在嘲笑着我们。另一只猩猩却很亲切地依偎着胡安弟弟，伸手要吃的。胡安弟弟给了它一根香蕉，它三下两下剥掉皮，像模像样地吃起来。

"笑一笑！"胡安弟弟命令道。

猩猩咧开大嘴，露出满口黄牙，这是一种魔鬼般的狞笑。

"哭！"胡安弟弟又命令。

猩猩拉长了本来就极长的脸，做出一副愁苦的样子。

"吻我。"猩猩噘起嘴唇，凑过来煞有介事地碰了碰胡安弟弟的脸，把围观者逗得哈哈大笑……

胡安兄弟和这群兽类的这种亲密和谐的关系，使我深感惊讶。为了这，他们曾付出了什么样的代价呢？很难想象。

临分手时，我忍不住问胡安兄弟："你们干这种工作，会不会遇到危险？"胡安哥哥很奇怪地对我微笑着，不作回答，只见他突然拉起他弟弟的手，伸到我的面前。我低头一看，不禁吃了一惊：胡安弟弟的手腕上，有一道极可怕的伤痕，伤痕深深地贯穿了整个腕部，仿佛曾做过断肢再植手术。

"是被鳄鱼咬的。"胡安哥哥不动声色地告诉我。一次在驯一条鳄鱼时，鳄鱼突然一口咬住了胡安弟弟的手，幸亏哥哥及时赶到，将疯狂的鳄鱼打退，弟弟从鳄鱼的嘴里挣脱时，右手已经差不多全断了，只剩下一些皮肉还粘连着……

仅此一个细节，已将胡安兄弟所经历的种种危险描绘得淋漓尽致。为了驯服猛兽，为了和猛兽产生无拘无束的交流，他们曾冒过生命危险，他们时时都在防备着死神的侵袭。这是勇敢者的事业！

❖ 峡中渔人

他们站在万仞绝壁下，面对着急流滚滚的江水。凶猛的潮头打在他们脚下的礁石上，溅起几丈高的雪花；险恶的旋涡在离他们几尺远的地方打转儿……他们手中是渔网——一根长长的竹竿上，安着一个一尺多围圆的网，比孩子们捕捉蝴蝶的网稍大一些。他们不停地抡动渔网，迎着呼啸而来的江水……

在长江三峡中第一次见到他们，我就深深地感到惊奇：他们在干什么？捕鱼！有这样捕鱼的吗？

船在巫峡中靠岸小泊时，我曾在很近的地方观察过一位这样的渔人。虽然相距咫尺，我却无法走到他身边去，我们之间隔着一道湍急的水流。他那里几乎无立锥之地。只有几块笋尖似的露出水面的岩石可供他立脚。身后是向外倾斜的峭壁，连坐下来歇一下的条件都没有，假如不小心失足，就会被无情的急流卷走。为了保险，他用麻绳的一头绕在背后的岩石上，一头缚在自己的胸前。在险恶的环境和轰然作响的水声中，他全

026

神贯注地劳作着。

我在他背后默默地观察他。他一网一网费劲地在急流中舀着，手臂和背部的每一块肌肉都在紧张地颤动。一网、两网……我为他数着，整整八十网，没有任何收获，连一尾小鱼一只虾米也没有！直到我离开，他依然一无所获。

我纳闷了：这样的冒险，这样的徒劳值得吗？我钦佩他们的勇气和毅力，但我无法理解他们。

同船的一位诗人，是有名的"三峡通"，对这数百里峡江的山水人物了如指掌。他告诉我："别看他们不断落空，假如碰上鱼的话，可不是一条两条，而是成百上千斤哪！这鱼有意思了，逆流而上，水越急，它们游得越起劲，鱼群常常一排就是十里八里。这时，舀一网就是十几斤，一连舀上几个小时，网网不会落空，直舀到打鱼人筋疲力尽，瘫倒在江边！"

"这是什么鱼呢？"

"什么鱼，那就说不清楚了。也许，什么鱼都有吧，所有的鱼都喜欢逆水游泳哩！照渔人的说法，是三峡里风景好，下游的鱼儿都想上来看看！"

他讲得像神话一般，可我都相信了。我想，如果没有这种诱惑，三峡中怎么会有这些奇特的渔人呢！

这是一种诱惑吗？诱惑，这个带些贬义的词儿也许用得不妥帖。但这些逆流而上的鱼群，对临江而渔的人们确实是一种不可抗拒的吸引力，是他们寻求的目标。这目标，隐藏在终日奔腾不息的滚滚急流中，无法预料它何时临近、何时出现。为了追求这目标，必须有惊人的毅力，有锲而不舍的恒心。早就听说生活在三峡中的人都有坚韧顽强的性格，从这些渔人身上，便可见其一斑了。

真的，在奇峰夹岸的峡江中走了几百里，见到了不少的渔人，其中有白发老者，也有童子少年，我没有见到哪一位渔人捕到一条鱼，可我也从未见到他们有谁露出沮丧抱怨的表情，他们只是迎着汹涌咆哮的急流，沉着地，耐心地，一网一网地舀，一网一网地舀……

❖ 三峡船夫曲

　　谁也无法用一句话概括三峡水流的特点。浩浩荡荡的长江挤进窄窄的夔门之后，脾气就变得暴躁、凶险、喜怒无常，不可捉摸了。你看那浑浊湍急的流水，时而惊涛迭起，时而浪花飞卷，时而一泻千里如狂奔的野马群，时而又在峡壁和礁石间急速地迂回，发出声震峡谷的呐喊。有时候，水面突然消失了波浪，像绷得紧紧的鼓皮，然而这绝不是平静的象征，在这层鼓皮之下，潜伏着危险的暗礁和急流。而最多、最可怕的，是漩涡，像无数大大小小的眼睛，在起伏的江面滴溜溜地打转，到处都闪烁着它们那险恶的目光……

　　你想想那些三峡船夫吧，驾着一叶扁舟，靠手中的竹篙、木桨，要征服狂暴不羁的江水，那该是何等惊心动魄的景象。其惊险的程度，绝不亚于在黄河上驾羊皮筏子，不亚于在大渡河的急流中放木排。

　　第一次见到三峡中的船夫是在水流湍急的西陵峡，那是一条摆渡船，尽管距离很远，看不真切，但那拼命搏斗的紧张气氛，还是强烈地震撼了我的心。小船横在江中，看上去那么小，小得就像一片枯叶、一根稻草，似乎每一个浪头都能吞没它。船上一前一后两个船工，每人操一支桨，一个在右，一个在左，拼命地划着。只见他们身体前倾，像两把坚韧的强弓，两支桨齐刷刷地落下去，飞起来，落下去，飞起来，仿佛一对有力的翅膀，不断地拍打着波涛滚滚的江面。在气势磅礴的峡江中，他们的翅膀是太微不足道了，随时都有折断的可能，他们能飞过去吗？然而我的担心多余了，没等我们的轮船靠近，小木船已经到了对岸……

　　在巫峡，遇到一只顺流而下的小划子，那情景更是惊心动魄。小划子远远出现了，像一只小小的黑甲虫，急匆匆地、慌里慌张地贴着江面爬过来——说它急匆匆，是因为它速度极快；说它慌里慌张，是因为它走得毫无规律，一忽儿左，一忽儿右，常常莫名其妙地拐弯绕圈子。很快就看清楚了，小划子上头，稳稳地站着一位手持长篙的船夫，船中端坐着六位乘客，船尾还有一位船夫，一手扶一把既像橹又像舵的尾桨，一手掌一支木桨。小划子在急流和波谷浪山中灵巧地滑行，时而从浪的缝隙中穿过，时而又攀上高高的潮头。真是冒险呵，这单薄可怜的小划子，在急流中箭一般冲下来，根本无法停住，随时都可能被峡壁礁滩撞碎，随时都可能卷入接连不断的漩涡中，随时都可能被大山一般的浪峰一口吞没，被巨剑一般的急流拦腰砍断……船夫却镇静得如履平地。那位在船头手持长篙的船夫纹丝不动地站着，像跃马横枪率领着万千兵马冲锋陷阵的大将军，又像彪悍勇猛的牧人，扬鞭策马，驱赶着一大群狂奔狂啸的黄色野马。野马群发狂般地撞他、挤他、踢他、咬他，想把他从坐骑上拉下来，然而终于无法得逞。有时候，飞速前进的小划子眼看要撞到凸出的峡岩上，只见他挥舞竹篙奋力一点，小划子便轻轻一摆，转危为安。船尾那位船夫要忙一些，他不时划动双桨，巧妙地改换着前进的方向，在变化无穷的急流中觅得一条安全的航线。而那六位舱中的乘客，一个个正襟危坐，一动不敢动。我看不清他们的表情，但我能想见他们脸上惊慌的神色。在航行中，他们是不许有任何动作的，任何微小的颠动，都可能使小划子因为失去平衡而翻覆。如果遇到不安分的乘客在舱里乱动，船夫的竹篙会狠狠地当头打来，打得头破血流也是活该。倘若你不服，继续捣乱，船夫就要大喝一声，毫不留情地用竹篙把你戳下水去，这是捏着性命在凶恶的急流中搏斗呵！

　　小划子在轰隆隆的水声中一晃而过，很快就消失在峡谷的拐弯处。我凝视着起伏不平的江面，一遍又一遍回想着船夫在万般艰险中镇定自若的姿态，心里怎么也平静不下来。无数漩涡，在小划子经过的航道上打着转转，这些永远不会安然闭上的不怀好意的眼睛，似乎正在狡猾地眨动着，还在用谁也无法听懂的语言描绘着水底下的秘密。哦，只有三峡船夫懂得这些语言！我知道，在三峡中行船，除了勇敢，除了沉着，最关键的，还是对航道和水流的熟悉。据说，在三峡驾驭小划子的船夫，对水底的每一块礁石，每一片浅滩，都是了如指掌。为了摸清水底的状况，为了在极其复杂的急流中寻到一条能被小木船通过的安全之路，一定有不计其数的船夫付出了生命的代价！

西陵峡有一块巨大的礁石，兀立在滚滚急流中。奔泻的潮水整天凶狠地拍打着它，飞溅起漫天雪浪，小船如果撞上去，非粉身碎骨不可。这礁石有一个奇怪的名字：对我来。当浪花散开，人们就会看到"对我来"三个大字触目惊心地刻在这块礁石上，这礁石周围的水流险恶而奇特，小船从它身旁经过时，倘若想绕开它，结果总是适得其反，船儿会不可阻挡地向礁石一头撞去，撞得船碎人亡。如果顺急流迎面向礁石冲去，不要躲避它，不要害怕它，船到礁石前，却能顺利地拐个弯从旁边擦去。不过，这千钧一发的险象，懦夫是绝对不敢经历的，只有三峡船夫们，才敢驾着轻舟勇敢地向扑面而来的浪中礁石冲去。"对我来"这三个字，一定是无数船夫用生命换来的经验。

也许，可以这样说，小木船在三峡急流中那些曲折而又惊险的航道，是船夫们用智慧，用勇气，用尸骨一米米开拓出来的！

对三峡船夫来说，最为可怕的，大概莫过于暴风雨和洪峰了。突然袭来的暴风雨，能把江面搅得天翻地覆，在被暴风雨鞭打着的惊涛骇浪之中，小舟是很难掌握自己的命运的，如果来不及靠岸躲避，便有可能在暴风雨中葬身江底。假如遇上洪峰，那几乎是无法逃脱的，几丈高的洪峰，像一堵巍巍高墙从上游呼啸着压下来，没有任何东西能够抗拒它、阻挡它，它是船夫们的冷酷无情的死神。然而，奇迹并不是没有发生过，曾经有一些技术高超、勇气过人的船夫，在洪峰扑近的刹那间，驾着小舟瞅准浪的缝隙飞上高高的洪峰之巅，硬是从死神的头顶越了过去……当然，这些都是旧话了，随着科学技术的发展，天气预报和水情预报越来越准确，三峡船夫们再不会去冒这种风险了。

船近神女峰时，所有人都仰头看那位在云里雾里默默地站了千年万年的神女，然而山顶上云飞雾绕，什么也看不清。正在遗憾的时候，突然有人对着前方的江面大叫起来：

"看！小船！女的！"

神女峰下，一只两头尖尖的小划子正在急流中过江，划船的是一位身穿粉红色衬衫的少女，只见她右手划桨，左手掌舵，不慌不忙地向对岸划着，那悠然而又优美的姿态，使所有目击者都惊呆了——这也是三峡船夫吗？这也是在险恶的峡江中拼命搏斗的勇士吗？然而怀疑是可笑的，小划子在神女峰对面的一片石滩上靠岸了，划船的少女站在一块白色的石岩上，用力地向我们的轮船挥了挥手……

　　挥一挥手，挥一挥手，向勇敢的三峡船夫挥一挥手吧，但愿他们能在我的挥手之中感受到我的钦佩和敬意。是的，我从心底里深深地向三峡的船夫们致敬，他们，不仅征服了狂放不羁的长江三峡，而且把人类和大自然那种惊心动魄的搏斗，化成了优美的诗篇。他们是真正的诗人。

❖ 永远的守灯人

天黑以后，长堤上那盏灯就一闪一闪地亮起来。无论是晴天、阴天还是雨天，它总是像一颗金黄色的星星，沉着、执拗地闪烁在深不见底的天幕上，仿佛在一遍又一遍讲着一个古老神秘的故事……

在白天，谁也不会注意它。它只是稍稍高出护堤林带的一个简陋的小木架，有时候我还觉得它破坏了这一带的自然景色呢。

到长堤上去，绝不是为了看灯塔，而是为了看大江，为了排遣我心中的沉闷。在田野里劳累了一天，也不洗一洗身上和脸上的泥汗，我会情不自禁地向长堤走去。

穿过一片由榆树、杨树和刺槐树组成的密密的林带，登上那古城墙一般巍峨的堤岸，广阔的长江入海口就在我眼前浩浩荡荡地铺展开了。看着水和天无穷无尽、自由自在地在辽阔的世界中融为一体，看着渔帆和鸥鸟在水天之间悠然飘行，听着浪拍长堤的有节奏的轰响，心中那些忧郁的影子和狭隘的思绪，就会像轻烟一样消散在清新的空气中。如果没有人伴随你，也没有人从堤上走过，你将陶醉在一种极其旷达幽远的宁静中，你会忘记一切，仿佛全身心都融化在大自然里……

然而当我从沉思中醒来，发现夜幕已经在不知不觉中悄悄逼近时，一阵不可名状的空虚感便会把我包围起来。于是我又感到了孤独和寂寞，情绪常常一落千丈。这时，简直不能在堤岸上多待一分钟。是的，没有比孤独和寂寞更难以忍受了。如果让我永远待在这空无一人的江海边，那也是一件可怕的事情。

可我还是忍不住要到堤岸上去。一天傍晚，我坐在堤坡上，面对着被夕阳染成一片金红色的江水出神，大自然瑰丽变幻的景象使我深深地迷醉了。突然，背后响起一个苍老的声音：

"哎，小伙子，在看什么？"

回过头来，我不由得一惊。堤岸上，大约离我十来米远的地方，站着一个模样丑陋的老人——罗圈腿，驼背，满脸刀痕一般杂乱无章的皱纹中嵌着一对泪汪汪的小眼睛。这幽灵似的老头，不知是从哪里钻出来的！

见我回头，他挤出一个笑脸。他的笑容也是丑陋的，使人想起童话中那些心怀鬼胎的奸诈的老巫婆。

"天马上黑了，回去吧。"

他向我扬了扬手，又喊了一声，语气非常温和，像是长辈劝说着孩子。

我坐在这里，碍你什么事了？我觉得他扰乱了我的宁静，心里有些恼火，于是便回过头来，装作没有听见。

他再也没有吱声。但我知道他仍然在注视我，我似乎能感觉到背上定定地有两道柔和的光。

太阳落到大江里去了，天一下子暗下来，深邃的紫蓝色从天上一下子压到了水平线上，水天交界处依然亮得耀眼，宽阔的水面闪动着一片暗红色的微波。不过这是一种垂危的光芒，就像生命临终前的回光返照，使我伤感。

我坐不下去了，站起身往回走。那老头竟还在我身后。他蹲在堤岸上，看着我微笑。这一带乡间，很少有像我这样没事坐在海边看风景的人，尤其是老人。这丑老头也真有点怪了。

"我就住在这里。"他仿佛窥见了我的心思，站起来招呼我，"看见那灯了吧，我就守着它。"他指了指不远处的那个简陋的木架子。

灯塔，灯塔下有一间黑褐色的小木屋。

我默默地对他点了点头，默默地走下了堤岸。他凝视着我，那对嵌在皱纹里的泪汪汪的小眼睛中，流出了疑惑，也流出了同情，似乎还有几丝焦虑。真是个怪老头。

我没有和他打招呼，走得很远了，才回过头来——夜幕已经笼罩了世界，堤岸上已经什么都看不见，引人注目的只有那盏灯，一闪一闪地亮起来……

　　以后，每次到江边，总是能见到他。他似乎在暗中监视我，尽管不走上来问什么，却老是在离我不远的地方转来转去。这使我恼火，看风景的兴致全被他破坏了。他想干什么呢？我终于忍不住了，一天，当他在我身后站着的时候，我突然转过身走到他面前大声问道：

　　"请问，你老盯着我干啥？"

　　他先是一愣，马上就露出一嘴稀疏的牙齿不自然地笑起来："哦，没有呀，没有盯你呀。我每天都在这里。"他指了指灯塔下的小木屋，仰起脸很诚恳地说："小伙子，到我屋里坐一会儿去吧。"

　　这一来，弄得我十分尴尬。还是离开这里吧。我摇了摇头，向堤下走去。我没有回头看他。

　　我一连好多天没有上堤岸看江。不知怎么搞的，这位奇怪的守灯人，老是在我的脑子里转。晚上，看着那灯塔一闪一闪的亮光，我就想起了他那流淌着神秘色彩的目光。

　　再一次登上长堤时，我没有看见他。这是一个宁静而又优美的黄昏，我又像以前一样，沉浸在落霞和晚潮交织成的奇妙风景中……他似乎失踪了，以后几次，我也没有看见他。然而灯塔下那间小木屋门虚掩着，看样子屋主人不会走得很远。我几乎把他忘了，只有在天黑以后，当我从远处看到那一闪一闪的灯塔时，才会想起他来。

我准备回城探亲去。临走前一天，我又登上了堤岸。那是一个阴沉沉的黄昏，灰蒙蒙的浓云压在水面上，一群鸥鸟贴着水面低低地盘旋着，不时发出急促不安的鸣叫，气氛沉闷得令人窒息。我正想回去，突然刮起了大风，风从辽阔的水面上席卷过来，发出撼人心魄的呼啸。微波起伏的水面一下子躁动翻腾起来。骤然而起的惊涛骇浪，如同一大群棕黄色的野马，铺天盖地，争先恐后，蹦跳着、推挤着、蹿跳着，发疯似的向堤岸狂奔过来。它们撞在堤岸上，撞得粉身碎骨，撞出炸雷一般的轰响，水花一溅数丈，一直洒上了高高的堤岸……

这惊心动魄的大自然奇观把我看呆了。在这激动、狂放、雄浑野性的大自然面前，人显得多么渺小，多么微不足道。天上有急雨落下来，但我不想回去，我真想让这汹涌的浪潮冲一冲郁积在心中的忧郁和惆怅。情不自禁地，我慢慢向堤坡下走去……大约在我跨出第四步的时候，背后突然有一双手伸出来，紧紧地抓住我的手有劲地往堤岸上拽。回头一看，又是他，那位守灯的老人！只见他浑身淋得透湿，神情紧张地盯着我，两只手像两把有力的铁钳，把我的手握得生疼。

"小伙子，年纪轻轻，要想开一些！上来吧！回家去吧！你家里的人在等着你呢！"他一口气吐出一连串话来，口气焦急而又诚恳。

他以为我想自杀呢！我一下子恍然大悟了：他仍然一直在暗中盯着我，他怕我投水！看着他鼻眼挤成一堆的紧张焦虑的表情，我忍不住笑起来："哎呀，你想到哪里去了！我只是喜欢一个人安静，喜欢看江水。"

"哦——"他松开了我的手，紧张的表情松弛了，雨水慢慢地顺着他脸上的皱纹往下滚动着，"这就好，这就好。"他点了点头，转过身慢慢向远处的灯塔走去。在灰暗的暮色和呼啸的风雨中，他那佝偻的背影显得异常怪诞……

我呆呆地站着，目送着他的背影，说不出是怎样的一种心情，烦恼、好笑、激动、伤感……都不是。不过，有一点是无疑的，我很感动，也有点内疚。他的背影在风雨中消失后，我突然产生了一种强烈的欲望：要找人去讲讲话，听他们讲，也向他们讲讲我自己……

那天晚上，不知为什么，我特地走到村口的石拱桥顶上向远处眺望。在密实的雨帘中，堤岸上那盏灯的光芒显得微弱了，并且时隐时现，像一只在幽暗中不安地眨动着的眼睛。那微弱闪烁的光芒从来也没有这样使我感到亲切……我想，等我从城里回来，我一定要叩响那间小木屋的门，去看看那位奇怪的守灯老人，把我的烦恼告诉他，他一定会理解我的。

一个月后的一天，我又登上堤岸。这次，我并没有坐下来看大江，而是径直向灯塔走去。

小木屋空无一人。一把已经开始生锈的大铁锁，把两廇薄薄的木板门锁得严严实实；两扇小窗也用木条钉了起来，一只灰色的大蜘蛛不慌不忙地在窗框上吐丝织网……这不像有人住着的屋子。他去哪里了呢？

我正站着纳闷，一个穿黑色布袄的中年农民从堤岸下走上来，他用一种好奇的、带着怜悯色彩的目光观察了我一会儿，问道："怎么，你要找看灯驼子？（哦，他们叫他看灯驼子！）"

"是的，我想找他。"

"你还不知道？他死了，死了快一个月了！"

我只觉得脑子里嗡的一声，听觉也变得模糊起来——这怎么能让人相信呢！一个月前，他还曾用一双铁钳般的手拉着我往堤岸上拽，我至今还能感觉到他手上那令人生疼的力量。他怎么会死呢？见我发蒙的样子，那中年农民叹了口气，又摇了摇头："唉，也真可怜，晚上灯还亮着，第二天不见他人影，进屋一看，人躺在床上，死了。他身边什么人也没有，光杆一条，只能把他埋在堤岸下了。"

堤岸下的树林边上，多出了一个小小的土堆，土堆上已经星星点点地长出了青草……

我说不出一句话，只是默默地站着，听任又热又酸的泪水在眼眶里打转。这个孤独的守灯老人，当死神在他的门口徘徊时，他竟还想着把一个素不相识的年轻人从死神身边拉回来……

没有鲜花可以献给他，在这萧瑟的旷野里，只有青青的小草。我折下几根榆树枝，扎成一个绿色的花环，恭恭敬敬地放到了他的坟头。暮色降临了，在堤岸的那一边，苍茫的水面上，又在重演着一场悲壮而又迷人的日落……哦，愿这落日成为我的花环，天天奉献于他的坟头。

天黑以后，长堤上那盏灯一如既往，又一闪一闪地亮起来。我不想去探究此时是谁把这灯点亮的，我心里的守灯人只有他。凝视着那遥远而又亲切的灯光，我的心里涌出几行诗句来：

你死了，
你的灯亮着。
在茫茫夜海上，
我永远看得见你温暖的光芒。

❖ 给母亲打电话

母亲的声音，从电话那头传过来，语速很慢，含混不清，仿佛远隔着万水千山。我的话，她似乎听不见，最近经常是这样。我在网上搜索助听器，挑选了一款最好的。我想让母亲尽快用上助听器，希望她能恢复听力。

母亲今年九十八岁了，我每天晚上和她通电话，二十多年没有中断过。不管我走到哪里，哪怕到了地球的另一边，我也要算准时差，在北京时间晚上九点半给母亲打电话，她在等我。如果接不到我的电话，她会无法入睡。和母亲通电话，已经成了我生活中的必需之事。

母亲是敏感细腻的人，在电话中，她总是轻声轻气，但思路很清晰。和母亲通电话，话题很丰富，从陈年往事，到日常生活。母亲喜欢回忆往事，前些年，她总是在电话里问我："还记得你两岁的时候吗？"她说："我下班回来，你正坐在马桶上，看到我，裤子也不拉就从马桶上跳起来，奔过来，光着屁股，嘴里不停地大声喊着妈妈。"母亲这样的回忆，使我感觉自己还是个孩子。

母亲常常在电话中问我："你又在写什么文章？你又出了什么新书？"这样的问题，在我年轻的时候母亲从来不问我。我一直以为母亲对我的写作不感兴趣，所以也从不把我的书送给她。

但是后来我发现，母亲其实非常关心我的写作，在我家老宅的一间暗室中，有一个书橱，里面存放着我多年来出版的每一本书，这是母亲背着我想方设法收集来的。这使我惭愧不已，从二○○○年开始，每出一本新书，都先送给母亲。母亲从老宅搬出来住进了高层公寓，客厅里有了几个大书柜。但她觉得书柜离她太远，便在卧室的床边墙角自己搭建了一个书架，放的都是我近年送给她的新书。我知道她珍视这个自制的小书架。她说："这是你在陪我。"

母亲性格独立好强，一个人住在八楼的公寓中，一直拒绝请人陪护，也不要钟点工，坚持生活自理。好在哥哥住在对门，每天会过来照顾她。几个姐姐，也常常轮流来陪她。我的儿子为她买了一部手机，还教会她用手机收发微信，用手机视频。从孙子那里学习新鲜的事情，对她是莫大的快乐。但是我不习惯视频，每次通电话，还是打母亲的座机。

最近，感觉母亲的听力在一天天减弱，我说的话她常常听不清楚，有时答非所问。我们通话的时间，也在一天天缩短。很多次，我打电话到母亲家，电话忙音。我知道，那是母亲的电话话筒没有搁置好。打她的手机，她也不接。没办法，只能打电话给哥哥。哥哥从对门赶过来，检查了母亲的电话，然后我再打过去。

前些日子，我带着助听器去看望母亲。母亲戴上助听器，高兴地说："好，现在能听清楚了。"看着母亲的笑容，我无法形容内心的欢欣。我想，以后母亲可以像以前一样和我通电话了。我没想到，助听器的效果，其实并不太好，有时会发出很大的嗡嗡声，母亲难得把它戴在耳朵上。但她总是在电话里夸奖助听器，她是想让我高兴，让我觉得这个助听器没有白买。

母亲的听力大概很难恢复了，但我还是每天准时给她打电话。我们无法再像从前那样谈心聊天，不管我说什么，不管我问她什么，她总是自顾自说话。电话里，传来母亲一遍又一遍的叮嘱："你别熬夜，早点睡啊。"世界上，有什么比母亲的声音更温暖更珍贵呢！

❖ 站起来，父亲!

又要过年了，心里格外惦记病中的父亲。

父亲生于辛亥年，今年刚好八十岁。年轻时父亲也曾经想叱咤风云干一番事业，但他没能有大的成功。中年时父亲变得体弱多病，一家老小都为他担忧。曾有算命先生预测他难过五十七岁，说这一年对他来说好比"骑马过竹桥"，凶多吉少。五十七岁时，父亲真的大病一场，然而却安然无恙。年过古稀之后，父亲的身体反倒显得硬朗起来，退休在家的他包揽了家务，还养了一只猫，生活得有滋有味，比从前开工厂办实业时轻松得多。前几年我住浦东时，父亲常常会一个人从闹市区"长途跋涉"来我家，爬五层楼他气也不喘。每逢过年，几代人团聚时，大家都祝父亲青春常在，老人家乐得合不拢嘴。

几个月前，父亲半夜起床时摔了一跤，不幸折断了胫股骨，于是住院手术，换了一个人工关节。长时间卧床不动，对以前一直好走动的父亲来说，无异于一种残酷的刑罚。手术后回到家中，还是不能下床，他发现自己全身的关节似乎都僵硬了，不要说走路，就是站立也非常困难，撑着两根拐杖挪动几步，便累得直喘气。父亲坐在床上，抚摸着不听使唤的腿脚，面对默默地精心服侍他的母亲，不禁老泪纵横："我老了，真的老了，不行了！"

父亲对自己的康复毫无信心，他甚至懒得下床练走路。我们兄弟姐妹聚在一起商量如何帮助父亲，觉得他此刻病在精神而不在筋骨，如果不使他恢复自信，鼓起勇气，那就真的难以康复了。于是大家设法鼓励父亲。

我对父亲说："你年轻时，再大的挫折也压不倒你，现在这点伤痛，难道就不能克服了？恢复行走需要一段时间，你不要急，慢慢锻炼。"这是正面引导。

姐姐把鲜花插到父亲床头的花瓶里，然后一本正经地说："希望你能和去年一样，到我家来吃年夜饭。怎么，你不想来？想叫我们背你可不行，要靠你自己走！"这是激将法。

妹妹笑着对父亲说："你那个新关节是不锈钢的，比我们所有人的关节都结实耐磨，你愁什么呀！"这是俏皮的鼓劲。

父亲是个通情达理的人，我们的劝说使他心情开朗了许多。他开始下床来努力练习走路。和父亲住在一起的哥哥一有空就帮着父亲锻炼。两位当工程师的姐夫想得更周到：一位姐夫设计了一套健腿操，不仅教会了父亲，还陪父亲一起做；另一位姐夫赶到豫园商场选购了一根漂亮而轻巧的手杖，说是让父亲走路时增加一个支点，增添几分风度。

父亲终于从悲观颓丧中解脱出来，开始在卧室里扶着床慢慢挪步，家里响起他频率不齐却极有生气的脚步声……

一个阳光灿烂的上午，父亲突然打电话给我，他的声音有些颤抖，显然很激动，他说："我刚才走到马路上去晒太阳了！"

好，父亲，我为你高兴，也为你骄傲！等过年我们家族团聚时，我还要举杯祝福：父亲，愿你青春常在！

❖ 学步

儿子，你居然会走路了！

我和你母亲永远不会忘记这一天。在这之前，你还整日躺在摇篮里，只会挥舞小手，将明亮的大眼睛转来转去，有时偶尔能扶着床沿站立起来，但时间极短，你的腿脚还没有劲儿，无法支撑你小小的身躯。这天，你被几把椅子包围着，坐在沙发前摆弄积木，我们只离开你几分钟，到厨房里拿东西，你母亲回头望房里时，突然惊喜地大叫："啊呀，小凡走路了！"我回头一看，也大吃一惊——你竟然站起来推开了包围着你的椅子，然后不倚靠任何东西，自己走到了门口！我们看到你时，你正站在房门口，脸上是又兴奋又紧张的表情，看见我们注意你时，你咧开嘴笑了，似乎也为自己能走路而感到惊奇呢。

从沙发前到房门口不过四五步路，这几步路对你可是意义不凡，这是你人生旅途上最初的几步独立行走的路。我们都没有看见你如何摇摇晃晃地走过来，但你的的确确是靠自己走过来了。当你母亲冲过去一把将你抱起来时，你却挣扎着拼命要下地。你已经尝到了走路的滋味，这滋味此刻胜过你世界里已知的一切，靠自己的两条腿，就能找到爸爸妈妈，就能到达你想到达的地方，那是多么奇妙多么好的事情！

你的生活从此开始有了全新的内容和意义。只要有机会，你就要甩开我的手摇摇晃晃走你自己的路。你在床上走，在屋里走，在马路上走，在草地上走；你走着去寻找玩具，走着去阳台上欣赏街景，走着去追赶比你大的孩子们……

儿子，你从来不会想到，在你学步的路上，处处潜伏着危险呢。在屋里，桌角、椅背、床架、门，都可能将你碰痛，当你跟跟跄跄在房间东探西寻时，不是撞到桌角上，就是碰翻椅子砸痛脚，真是防不胜防。已经数不清你曾经多少次摔倒，数不清你的头上曾被撞出多少个乌青和肿块。每次你都哭叫两声，然后脸上挂着泪珠爬起来继续走你的路。摔跤摔不冷你渴望学步的热情。在室外，你更是跃跃欲试，两条小腿像一对小鼓槌，毫无节奏地擂着各种各样的地面。你似乎对平坦的路不感兴趣，哪里高低不平，哪里杂草丛生，哪里有水洼泥泞，你就爱往哪里走，只要不摔倒，你总是乐此不疲。这是不是人类的天性？在你未来的人生旅途上，必然会遇到无数曲折、坎坷和泥泞，儿子啊，但愿你不要失去了刚学步时的那份勇气。

你开始摔倒在地的时候，总是趴在地上瞪大眼睛望着我们，你觉得有点儿委屈，但很快习惯了，并且学会了一骨碌爬起来，再不把摔跤当一回事。那次你沿着路边的一个花坛奔跑，脚下被一块大石头绊了一下，我们在你身后眼看着你一头撞到花坛边的铁栏杆上，心如刀戳，却无法救你——铁栏杆犹如一柄柄出鞘的剑指着天空！你趴在地上，沉默了片刻，才放声哭起来。我奔过去把你抱在怀中，不忍看你额头的伤口，我担心你的眼睛！好险啊，铁栏杆撞在你的额头正中，戳出一道又长又深的口子，血沿着你的脸颊往下流……你的额头留下了难以消退的疤痕，这是你学步的代价和纪念。

儿子，你的旅途还只是刚刚开始，你前面的路很长很长。有些地方也许还没有路，有些地方虽有路却未必能通向远方。生命的过程，大概就是学步和寻路的过程，儿子啊，你要勇敢地走，脚踏实地地走。

❖ 二寸之间

　　古人有一个很有意思的比喻，两代人之间，即父母和子女间的距离，为一寸，而祖孙之间的距离，为二寸。这一寸和二寸间的距离，对从前的人来说，差距并不太大，中国人几代同堂，老少共居一室，亲密无间，是非常普遍的事情。不要说二寸，即便是"三寸"，也不是遥不可及的关系。

　　我没有见过我的祖父，在我出生前的很多年，他就去世了。祖父是崇明岛上一个租别人的田地耕种的穷人，生前没有留下照片，我不知道他长得什么模样，据说很像我父亲，不过我无法想象。我的祖母却在我的童年生活中留下了无比亲切的记忆。我和祖母的接触，也就是童年的三四年时间，我吃过祖母烧的饭菜，穿过祖母做的布鞋，祖母在灯下一针一线为我们几个调皮的孙儿补袜子的情景，在我的记忆中如同一幅温馨的油画。在记忆里，祖母是慈爱的象征，我至今仍清晰地记得她的微笑和声音，记得她枯瘦的手抚摸我脸颊的感觉。

我的外公和外婆去世得更早，我只是在母亲那本发黄的老相册上见过外公和外婆。外公是一个非常英俊的男人，照片上他目光炯炯地盯着我，但我无法在他的凝视下产生一点亲切感。而我的外婆，在我母亲还是婴儿时就撒手人寰，她是在分娩时去世的，生下的男孩，也就是我最小的舅舅，也没有活过一个月。照片上的外婆是一个绝色美女，眉眼间流露出深深的哀伤，仿佛在拍照时就预感到自己悲剧的命运。尽管母亲曾给我讲过不少关于外公和外婆的故事，但我的感觉，这更像是小说中的情节，和我的关系不大。但是，另一个外婆的形象，在我的记忆中却和祖母一样亲切。这外婆并不是母亲相册中那个表情哀伤的美女，而是另外一位慈眉善目的白发老人。我的亲外婆去世后，外公又续弦娶了一个女人，这就是以后和我有了千丝万缕关系的另一个外婆。我和外婆住在同一个屋檐下的时间很短，还不到一年，那是在我四岁的时候。印象中外婆是个劳碌的人，照顾着很多人的衣食起居，一天到晚忙着，没有时间和我说话。后来，我们全家搬出去住了，去外婆家，就成了我们生活中的一件经常的事情。等我稍大一点，我发现外婆原来是一个很有情趣的人。一次，我去看外婆，她从床底下的一个箱子里拿出几本线装书，还是她当年读私塾时用过的书，一本是《千家诗》，另一本是《古文观止》。她说："这里面的诗，我现在还能背。"

我便缠着外婆要她背古诗，她也不推辞，放开喉咙就大声背了起来："清明时节雨纷纷，路上行人欲断魂……""二月湖水清，家家春鸟鸣……"外婆背唐诗摇头晃脑，像唱歌一样，一副陶然自得的样子。她说，小时候读私塾时，老师就是这样教她背的，背不出，要用板子打手心。外婆喜欢的唐诗大多是描绘春天景色的，听她背诵这些诗句，使我心驰神游，飞向春光烂漫的大自然。外婆和我住在同一个城市里，每年春节，我们都要去给她拜年。从我的童年时代一直到中年，年年如此。小时候是跟着父母去，成家后是和妻子一起带着儿子去。外婆长寿，活到九十四岁，前年刚去世。去世前不久，我带儿子去看她，她躺在床上，还用最后的力气背唐诗给儿子听。

儿子和外婆之间，是"三寸"的关系了，他对外婆的称呼是"太太"。看到他和外婆拉着手交谈，我感到欣慰。儿子不知道什么"二寸"和"三寸"，但我让他从小就懂得要爱长辈，要关心老人。儿子和我的父母这"二寸"之间，可谓亲密无间。七年前，父亲卧病在床，我无法带儿子天天去看他，儿子每天放学回家先打一个电话给父亲，祖孙之间的通话很简单，总是儿子问："公公，你好吗？""公公，身上痛不痛？"然后是父亲问孙子："你在学校里快乐吗？""功课做好了没有？"就是这样简简单单的对话，对我的父亲来说，却是他离开人世前最大的快乐。听听孙子稚气的声音,感受来自孙辈的关怀,胜过天下的山珍海味。

外婆去世后,我便再也没有可以维系的"二寸"之间的长辈关系了。每年春天,我和儿子总要陪着母亲去扫墓。站在长辈的墓前,遥远的往事又回到了眼前,亲近犹如昨天。"一寸"和"二寸"之间,此时便又失去了距离。

❖ 男子汉

夜里回家，楼梯上一片漆黑，以前，总是你紧紧地抓住我的手，极小心地一步一步往上走。从一楼走到三楼，你的小手心里会紧张得出汗。我知道，你有些害怕。

今天怎么啦，你站在楼梯口，对着黑洞洞的空间抬头望了一会儿，突然甩开我的手大声地说："爸爸，我不要你搀，我自己走！"

好，试试看吧。总有一天你要自个儿在这楼梯上走的，不管白天还是夜里。

你走在前面，把楼梯蹬得咚咚作响。黑暗中，我看不见你，但我可以想象你瞪大了眼睛的恐惧表情。

到楼梯转弯的地方，你停住了脚步。我依稀看见你回过头来，但还是看不清你的脸。我想，你大概害怕了，在那里等着我来拉你的手了。

"爸爸，你不要害怕！"黑暗中，突然响起你脆嘣嘣的声音，

"你不要害怕，有我哪！我在这儿保护你！"

我忍不住"扑哧"一声笑了。小家伙，居然学着大人的腔调来安慰我了。你呀，大概还是为了给自己壮胆吧。

我走到楼梯转弯处，拉住了你的手。你抬起头来，瞪大亮晶晶的眼睛凝视着我，过了一会儿，才轻声问道："爸爸，你害怕吗？"

"不，我不害怕。你呢？"

"我也不害怕。"你回答得很肯定，也很认真。

"你不是每次都要爸爸挽着你吗？今天你为什么不害怕了？"

"嗯……"你想了一想，答道，"因为我是男子汉，我长大了。"说着，你又甩开我的手，"咚咚咚"地一个人摸着黑向上走去。

一夜之间会长成个男子汉，那当然是笑话。不过你进步得这么突然，我有些奇怪。回到家里，我便问你妈妈了，她说："哦，昨天夜里，隔壁的一个孩子摸黑上楼，小凡正好站在楼梯口，给他看见了。他当时就觉得奇怪，问我：'为什么小哥哥不怕黑暗？'我告诉他：'小哥哥勇敢，他是个男子汉。等你长大了，也要当个男子汉。'他呆呆地听着，大概都记在心里了。"

哦，原来如此。隔壁小哥哥的榜样比爸爸妈妈的说教更有作用。你妈妈还眉飞色舞地告诉我一件发生在白天的事：妈妈带你去公园，在路上慢慢地走。一个小伙子骑自行车从后面蹿上来，车把在妈妈身上划了一下，妈妈痛得叫起来。骑车的小伙子放慢速度，回头睃了一眼，正准备加速离去，你突然飞奔上前，两只小手牢牢抓住自行车的尾架，口里大喊："叔叔，你怎么不讲礼貌？你把妈妈撞痛了你知道吗？你怎么不说对不起？不讲礼貌的叔叔不是好叔叔！"你平时说话并不怎么流畅，有时还结巴，这一番话却说得又急又快，把那位骑自行车的小伙子说得脸也红了，只得尴尬地回头含含糊糊打一声招呼，然后狼狈地离去。可你还没有完呢，更出人意料的动作还在后面——你又转身奔回妈妈身边，一边察看她被车把撞痛的部位，一边皱着眉头问："妈妈，你痛不痛？你受伤了没有？"还没等妈妈作答，你便伸出小手在她的背上、腰上乱揉一气，揉完之后，你把双手一挥，一本正经地宣布道："好了，现在没关系了！妈妈，咱们走，到公园去！"你妈妈讲完这件事，笑着对我说："我突然感到小凡长大了。他已经想到要做妈妈的保护人，实在出乎我的意料。"

"我是一个男子汉！"竟然成了你的一句口头语，来访的客人听了都忍不住要笑。

小凡，你讲给我听听，到底怎样才算是个男子汉呢？对于这个问题，我和你探讨过几次，答案全是由你一条一条想出来的。

"勇敢，才是男子汉。"

"身体好，力气大，能帮妈妈做事情，不惹妈妈生气，才是男子汉。"

"讲道理，有礼貌，才是男子汉。"

"摔倒了不哭，爸爸去开会也不哭，才是男子汉。"

"要爱护小弟弟小妹妹，看到小弟弟小妹妹摔倒了要把他们扶起来，才是男子汉。"

"看见老奶奶上车，要把座位让给她坐，才是男子汉。"

"对，这些讲得都不错，还有吗？"我问你。

"还有……"你眨巴着大眼睛，小手不住地摸着脑袋，"还有！爸爸写文章时，不能去捣蛋，才是男子汉；爸爸看新闻时，不能叫爸爸放《米老鼠和唐老鸭》，才是男子汉……"你又一口气讲了许多，然后抬头问道："对不对，爸爸？"

对不对呢？爸爸只能看着你笑。

"你说呀，对不对？"你锲而不舍地追问我，表情还挺严肃。

"好，就算对吧。那么，这一切你能不能都做到呢？"

这次，你回答得不是那么爽快。不过最后还是点头答应了。

"答应了就要做到！男子汉一诺千金，说话要算数。"

你瞪大眼睛盯了我半天，突然轻轻地问："那么，电视里老是放新闻，我不喜欢看，怎么办呢？唐老鸭比新闻好看，爸爸，你说对吗？"

唉，小凡，要当个男子汉也不容易，咱们慢慢来吧。

❖ 意外

儿子一天天长大，他的小脑袋里常常有新鲜的念头生出来，举动也常常使我吃惊。

譬如，那天看完马戏演出回到家里，他一个人在桌前埋头坐了一会儿之后，突然举起画板兴奋地大叫："爸爸，你看！"

画板以前只是他乱涂乱画的场所，能在上面画出一个圆圈再拖一条尾巴代表气球已算不错。可这一次，他的兴奋确实有道理：画板上，像模像样地蹲着一只动物。我只能把他的"作品"称之为动物，因为它似狗非狗，似猫非猫，那个比身体大出许多的圆脑袋上，有两个黑色的小耳朵，一对黑色的大眼睛，还有一个硕大无比的鼻子。小凡，你画的到底是什么呢？

"熊猫，一只熊猫！"他的回答毫不犹豫。那眉飞色舞的样子，仿佛是刚刚完成了什么惊人之作。小凡，我理解你的兴奋。这是你第一次进行的独立"创作"，这第一次对你可是非同小可。于是我微笑着鼓励道："不错，小凡画得不错。不过，下次画熊猫，该把耳朵画得大一点儿，要不然，我们说话它就什么也听不见了。你说对不对？"他点点头，又看看画板，脸上露出了不屑一顾的表情。几分钟后，画板上便又出现了一只新的熊猫，耳朵长得很大很大，像两把黑色的大扇子竖在头顶。

再比如，那一天上午，我正在书房里写作，身后那扇玻璃门被轻轻敲响了。回头一看，是小凡。他的小脸贴在玻璃上，鼻子被挤得扁扁的。他的表情很严肃，眼睛里流露出哀求的目光："爸爸，请你开一开门好不好？"我打开门，还没来得及问他进来想干什么，他却一本正经地问道："爸爸，有一件事情我想跟你商量，可以吗？"他的严肃和彬彬有礼使我感到意外，他的表情中闪过的忧郁绝不是一个不到四岁的孩子所应该有的。他首次使用"商量"这个词儿使我心头不由一震。小凡，你怎么啦？有什么事要和我商量？

我把门打开，让儿子进来。他瞪大眼睛凝视着我，过了一会儿，才轻轻地开口："爸爸，我一个人在家很孤独，没有人跟我玩，我想到托儿所去，可以吗？送我去吧！"他想去托儿所，已经跟我们讲了不止一次，然而从来不曾这样恳切，这样郑重其事过。为了使自己的理由充足，他又说："托儿所里有很多很多小朋友，我会跟他们很要好的。为什么不送我去呢？妈妈为什么不同意呢？爸爸，我们一起跟妈妈商量商量吧？"是的，妻子一直坚持要等孩子满四岁后再送他上幼儿园，而托儿所她认为没有必要送去，还是在家待着好，吃得好，睡得好。看来，为此付出的代价是，儿子体会到了"孤独"这个词的含义。

"好，我们一起去跟妈妈商量商量，等到下学期开始时，一定送你去托儿所。你会有很多小朋友的。"对于儿子的这种要求，任何人都不能不答应。我的回答使他的脸上绽开了笑靥。可是他还是不愿意结束这次谈话。那扇玻璃门被他的小手抓得紧紧的。"我还有一件事情要和你商量，爸爸。"他诡秘地笑着，压低了声音说。我连忙问："什么事情？"他走近我，踮起脚尖，小嘴贴近了我的耳朵低语道："爸爸，我今天还没有看《米老鼠和唐老鸭》呢！"

"好吧，看一集吧！爸爸陪你一起看。"于是，他的目光中愁云一扫而光。

每次儿子的言行使我感到意外时，我都感觉他在长大。我为此欣慰。一次，我们带儿子出去，坐公共汽车时人很挤，没有座位，小小的他在人们的脚丛里被挤得很难受，但他咬紧了牙一声不吭，像个小男子汉。行车途中，他身边一个靠窗的座位上有人下车，看到那个座位空下来，他挺高兴，抓住椅背就想往上爬，这时，有一个肥胖的中年妇女突然从前面奋力挤过来，抬腿抢先一步占据了那个座位，她的姿态可实在不美。儿子先是愣了一下，接着有点儿不高兴了。大概是这突然的插足者使他失去一次眼看已经到手的浏览窗外街景的机会，他愤怒而又迷惘地瞪着那个坐在椅子上美美地吁气的胖女人。他的一个膝盖已经跨到了椅面上，可他并不把脚放下来，而是固执地继续往上爬，试图在那胖女人身边挤出一席之地。

这样的以丑制丑，并不是美事。我立即把他从座上拉下来，并且俯身在他的耳畔厉声低语道："坐公共汽车抢座位是不对的。爸爸不是对你说过，应该把座位让给年纪大的人坐！"他用手指着身边的女乘客，大声回答我："可她又不是老奶奶！她为什么要抢座位？"说着，还是拼命往座位上爬。在拥挤的车厢里，我无法和他细说，只能用力按住他的肩膀，同时再三低声命令他："不许这样！"可他大发牛脾气，一边挣扎，一边连声大喊："不！不！"我用手捂住他的嘴，想不到他竟一口咬住我的食指，而且紧咬住不放。如果在家里他这样任性不讲理，我一定要教训他，但在这人挤人的车厢里，我只能默默忍着，让他咬着我的手指发泄完他的委屈和恼怒。

儿子终于松口了，我没有骂他，只是把食指伸到他的眼前——食指上深深地刻下了一排牙痕。小凡，你把爸爸咬痛了！他一声不吭地盯着我的手指，我低视的目光无法看清他的表情。我想，等回到家里，我再和他讲道理。这以后，他一直不说话。

回家后，脸上还是没有笑容。到家后一忙乱，我暂时把这事情忘记了。

　　大约两个小时以后，我坐在沙发上默默地看报，儿子在地上默默地玩他的小汽车。突然，他从地上一跃而起，扑到我的身上，低着头连声喊："爸爸，爸爸，我的好爸爸！"我发现他的声音有些异样，捧起他的小脸蛋一看，两只大眼睛里竟噙满了泪水。小凡，你怎么啦？他凝视着我，目光里充满了悔恨："爸爸，我以后再也不咬你了！我以后再也不咬人了！爸爸，对不起，请你原谅我。我再也不咬人了，永远也不咬人了！"好，爸爸原谅你了，好儿子！我没有想到他心里一直惦记着这件事，而且会主动道歉。我为他高兴，而且心灵深深地受到震颤。

　　儿子到了五岁，变得好动而调皮。在家里经常自说自唱大声叫嚷，而且会一个人手舞足蹈地玩耍。如果问他做什么，他说是在讲故事，讲什么故事，只有他自己知道。在讲这些故事时，他自己是其中的主人公。出门他也常常很不安分，有时候一转眼就不见了人影，等我开始紧张地呼叫时，他会突然从一棵大树或一扇门背后探出头对我做鬼脸，使我没法对他发脾气。有什么办法呢，活泼好动是孩子的天性，总不能因为怕吵闹而把他锁起来关起来。"请文雅一点！请安静一点！"这成了我对儿子说的两句口头禅。然而我的禁令没有持久的效力，他安静了片刻，便又开始发出声音来。只有在看动画片或者翻看一本好看的画册时，他才会安静得像一尊雕像。不过也有例外的时候。

就在几天前的晚上，我照常带着他去附近的公园散步。说是散步，要他斯斯文文地跨方步几乎不可能。那天晚上，靠近大草坪时，他挣脱我的手向前奔去，这时天色已黑，几步之外就看不清人影，我猛然想起，草坪的入口处有一条细铁链拦着，在黑暗中根本看不见，他这样冒冒失失地奔过去，必定会被绊倒。于是我也奔跑着向前追去。可儿子越过铁链奔了进去，被铁链绊倒的竟是我自己。我几乎双脚凌空扑倒在地，这一跤摔得实在不轻。我爬起来蹲在地上，好久说不出一句话。

"爸爸，你摔痛了没有？"大概是我摔倒在地的沉重声响使小凡回过头来，他奔到我身边，蹲下来用双手抚摸着我的脊背连连发问，"爸爸，你痛不痛？你怎么不说话呀？"

我抬起头来，在黑暗中看见了他那双瞪得大大的眼睛，他的目光除了焦灼和惊惧，还有一种一时难以确定的情绪。我这一跤使他惊奇，因为在他的眼里爸爸是无所不能的，爸爸永远以他的保护者的身份出现，总是他摔倒了，爸爸走过来把他扶起。而此刻，我们俩的关系似乎倒过来了。我这一跤大概也破灭了他心里的一个神话。他拉住我的手，用极其关怀的口吻轻轻地说："爸爸，你能站起来吗？你站起来好不好？"说着，他用力拉我站起来。等我站直以后，他马上俯下身子用手为我拍打裤子上的尘土。看到我仍然站着不动，他又小心地问："爸爸，你能走路吗？"我慢慢地走了几步，他这才安下心来。不过，他的小手始终紧拉着我，生怕我又会摔倒。我们俩一反往常地在草坪上慢慢踱步，并且有一番难忘的对话：

"爸爸，今天你摔跤，都是我不好。"

"为什么？"

"因为我乱跑。你不来追我，就不会摔跤了。"

"不，不怪你，怪我自己不小心。"

"爸，你还痛不痛？"

"不痛了。"我问，"爸爸摔倒了，你害怕吗？"

"嗯……有点儿害怕。爸爸，不过，你不要害怕，我会保护你的！"

"你怎么保护我？"

"我……我来背你回家！如果你摔破皮了，我来帮你搽红药水。"

"谢谢你，小凡！不过，爸爸如果真的走不动了，你恐怕还背不动我呢！"

"我能！我拼命背！"

"小凡，你自己去活动一会儿吧！"

"不，我再也不一个人乱跑了！"

"去吧，该活动的时候还得活动，否则，你会变成小胖子的。"

"不。今天我不跑了。爸爸，我陪你一起散步吧！"

这天夜晚，小凡变成了一个安静文雅的孩子，我们俩手拉手，慢慢走遍了整个公园……

儿子，谢谢你给了我这样一个意外，这样一段宁静美好的时光。

❖ 母亲和书

　　又出了一本新书。第一个要送的，当然是我的母亲。在这个世界上，最关注我的，是她老人家。

　　母亲的职业是医生。年轻的时候，母亲是个美人，我们兄弟姐妹都没有她年轻时独有的那种美质。儿时，我最喜欢看母亲少女时代的老照片，她穿着旗袍，脸上含着文雅的微笑，比旧社会留下来的年历牌上那些美女漂亮得多，就是三四十年代上海滩那几个最有名的电影明星，也没有母亲美。母亲小时候上的是教会学校，受过很严格的教育。她是一个受到病人称赞的好医生。看到她为病人开处方时随手写出的那些流利的拉丁文，我由衷地钦佩母亲。

　　在我童年的记忆里，母亲是个严肃的人，她似乎很少对孩子们做出亲昵的举动。而父亲则不一样，他整天微笑着，从来不发脾气，更不要说动手打孩子。因为母亲不苟言笑，有时候也要发火训人，我们都有点怕她。记得母亲打过我一次，那是在我七岁的时候。那天，我在楼下的邻居家里顽皮，打碎了一张清代红木方桌的大理石桌面，邻居上楼来告状，母亲生气了，当着邻居的面用巴掌在我的身上拍了几下，虽然声音很响，但一点也不痛。我从小就自尊心强，母亲打我，而且当着外人的面，我觉得很丢面子。尽管那几下打得不重，我却好几天不愿意和她说话，你可以说我骂我，为什么要打人？后来父亲悄悄地告诉我一个秘密："你不要记恨你妈妈，那几下，她是打给楼下告状的人看的，她才不会真的打你呢！"我这才原谅了母亲。

我后来发现，母亲其实和父亲一样爱我，只是她比父亲含蓄。上学后，我成了一个书迷，天天捧着一本书，吃饭看，上厕所也看，晚上睡觉常常躺在床上看到半夜。对读书这件事，父亲从来不干涉，我读书时，他有时还会走过来摸摸我的头。而母亲却常常限制我，对我正在读的书，她总是要拿去翻一下，觉得没有问题，才还给我。如果看到我吃饭读书，她一定会拿掉我面前的书。一天吃饭时，我老习惯难改，一边吃饭一边翻一本书。母亲放下碗筷，板着脸伸手抢过我的书，说："这样下去，以后不许你再看书了。"我问她为什么，她说："读书是一辈子的事情，你现在这样读法，会把自己的眼睛毁了，将来想读书也没法读。"她以一个医生的看法，对我读书的坏习惯做了分析，她说："如果你觉得眼睛坏了也无所谓，你就这样读下去吧，将来变成个瞎子，后悔来不及。"我觉得母亲是在小题大做，并不当一回事。

其实，母亲并不反对我读书，她真的是怕我读坏了眼睛。虽然嘴里唠叨，可她还是常常从单位里借书回来给我读。《水浒传》《说岳全传》《万花楼》《隋唐演义》《东周列国志》《格林童话》《钢铁是怎样炼成的》《牛虻》等书，就是她最早借来给我读的。我过八岁生日时，母亲照惯例给我煮了两个鸡蛋，还买了一本书送给我，那是一本薄薄的小书《卓娅和舒拉的故事》。在五十年代，哪个孩子生日能得到母亲送的书呢？

中学毕业后，我经历了不少人生的坎坷，成了一个作家。在我从前的印象中，父亲最在乎我的创作。那时我刚刚开始发表作品，知道哪家报刊上有我的文章，父亲可以走遍全上海的邮局和书报摊买那一期报刊。我有新书出来，父亲总是会问我要。我在书店签名售书，父亲总要跑来看热闹，他把因儿子的成功而生出的喜悦和骄傲全都写在脸上。而母亲，却从来不在我面前议论文学，从来不夸耀我的成功。我甚至不知道母亲是否读我写的书。有一次，父亲在我面前对我的创作问长问短，母亲笑他说："看你这得意的样子，好像全世界只有你儿子一个人是作家。"

父亲去世后，母亲一下子变得很衰老。为了让母亲从悲伤沉郁的情绪中解脱出来，我们一家三口带着母亲出门旅行，还出国旅游了一次。和母亲在一起，谈话的话题很广，却从不涉及文学，从不谈我的书。我怕谈这话题会使母亲尴尬，她也许会无话可说。

去年，上海文艺出版社出版了我的一套自选集，四厚本，一百数十万字，字印得很小。我想，这样的书，母亲不会去读，便没有想到送给她。一次我去看母亲，她告诉我，前几天，她去书店了。我问她去干什么，母亲笑着说："我想买一套《赵丽宏自选集》。"我一愣，问道："你买这书干什么？"母亲回答："读啊。"看我不相信的脸色，母亲又淡淡地说："我读过你写的每一本书。"说着，她走到房间角落里，那里有一个被帘子遮着的暗道。母亲拉开帘子，里面是一个书橱。"你看，你写的书，一本也不少，都在这里。"我过去一看，不禁吃了一惊。书橱里，我这二十年中出版的几十本书都在那里，按出版的年份整整齐齐地排列着，一本也不少，有几本，还精心包着书皮。其中的好几本书，我自己也找不到了。我想，这大概是全世界收藏我的著作最完整的地方。

看着母亲的书橱，我感到眼睛发热，好久说不出一句话。她收集我的每一本书，却从不向人炫耀，只是自己一个人读。其实，把我的书读得最仔细的，是母亲。母亲，你了解自己的儿子，而儿子却不懂得你！我感到羞愧。

　　母亲微笑着凝视我，目光里流露出无限的慈爱和关怀。母亲老了，脸上皱纹密布，年轻时的美貌已经遥远得找不到踪影。然而在我的眼里，母亲却比任何时候都美。世界上，还有什么比母爱更美丽更深沉呢？

❖ 在急流中

贝江，从迷蒙的深山中流出来。湍急的江水，在曲折的河道中卷着浪花，打着漩涡，一路翻腾着奔向远方。

轮船顺流而下，江水拍击船舷，溅起一排排水花。我站在船头，悠闲地欣赏周围的风景。江两岸是绿荫蓊郁的青山，山坡上覆盖着翠竹和杉树，还有杜鹃。我想，若是在春天，漫山遍野的杜鹃盛开时，一定会很美。

我向前方望去，只觉得眼前一亮——急流汹涌的江面上，远远地出现了一只小筏子，就像一只小小的蜻蜓，落在水里拼命挣扎着逆流而上。划竹筏的好像是一个女人，因为远，看不清她的面容，只见她双手不停地划桨，驾驭着筏子，灵巧地避开险滩和礁石，在湍急多变的江水中曲折前行。她背着一个红色的包裹，远远看去，像一朵随波漂流的红杜鹃。

很快，小筏子就到了大船的跟前。划竹筏的，竟是一个年轻的母亲，她神色镇定，平静的目光注视着前方。她身后的红包裹，原来是一个襁褓，她是背着自己的孩子在江上赶路。我向她挥手，她朝我微笑了一下，脸上泛起一片红晕，马上又将目光投向江面，双手奋力划桨，继续在急流中探寻安全的通道。我发现，襁褓中的孩子将脑袋靠在母亲的肩膀上，正在酣睡，筏子上的颠簸和江上的惊险，他居然一无所知。

小筏子和大船擦肩而过，我们的相逢只在一瞬间。

回头看，那小筏子很快便消逝在远方，只有那耀眼的红色，在水烟迷蒙的江面上一闪一闪，像一簇不息的火苗……

在贝江上见到的这一幕，我很难忘记。急流中那位驾筏的年轻母亲镇定的神态，坚定的眼神，奋力划桨的动作，还有她那在襁褓中安睡的孩子，这一切，组合成一幅感人的图画，留存在我的记忆中，再也不会消失。在喧嚣的人世里，有几个人能像她那样勇敢沉着地面对生活的急流呢？

第二章

为你打开一扇门

世界上没有打不开的门。
只要你愿意花时间，花功夫，
只要你对门里的世界有探索和了解的愿望，
这些门一定会在你面前洞开，
为你展现新奇美妙的风景。

❖ 为你打开一扇门

　　世界上有无数关闭着的门。每一扇门里，都有一个你不了解的世界。求知和阅世的过程，就是打开这些门的过程。打开这些门，走过去，浏览新鲜的景物，探求未知的天地，这是一件激动人心的事情，也是一个乐趣无穷的过程。一个不想打开门探寻的人，只能是一个精神上贫困衰弱的人，只能在门外无聊地徘徊。当别人为大自然和人世间奇妙的景象惊奇迷醉时，他却在沉睡。

　　世界上没有打不开的门。只要你愿意花时间，花功夫，只要你对门里的世界有探索和了解的愿望，这些门一定会在你面前洞开，为你展现新奇美妙的风景。

　　在这些关闭着的门中，有一扇非常重要的大门。这扇门上写着两个字：文学。

　　文学是人类感情的最丰富最生动的表达，是人类历史的最形象的诠释，一个民族的文学，是这个民族的历史。一个时代的优秀文学作品，是这个时代的缩影，是这个时代的心声，是这个时代千姿百态的社会风俗画和人文风景线，是这个时代的精神和情感的结晶。优秀的文学作品传达着人类的憧憬和理想，凝聚着人类美好的感情和灿烂的智慧，阅读优秀的文学作品，对了解历史，了解社会，了解自然，了解人生的意义，是一件大有裨益的事情。文学作品对人的影响，是潜移默化的。阅读文学作品，是一种文化的积累，一种知识的积累，一种智慧的积累，一种感情的积累。大量地阅读优秀的文学作品，不仅能增长人的知识，也能丰富人的感情，如果对文学一无所知，而想成为有文化修养的现代文明人，那是不可想象的。有人说，一个从不阅读文学作品的人，纵然他有"硕士""博士"或者更高的学位，他也只能是一个"高智商的野蛮人"。这并不是危言耸听。亲近文学，阅读优秀的文学作品，是一个文明人增长知识、提高修养、丰富情感的极为重要的途径，这已经成为很多人的共识。

我曾经写过一段文字，题目是"致文学"。这段文字，是我和文学的对话，表达了我对文学的一些想法。让我把这段文字引在这里，愿它能够引起青少年读者对文学的兴趣。

"你是广袤的大地，是辽阔的天空；你是崇山峻岭，是江海湖泊。你用彩色的文字，描绘出世界上可能存在的一切美妙景象。不管是壮阔雄奇的，还是细微精致的，不管是缤纷热烈的，还是深沉肃穆的，你都能有声有色地展现。你使很多足不出户的人在油墨的清香中游历了五光十色的境界。"

❖ 独轮车

　　曾经在一个又一个寂静无声的夜间醒着，思绪如同浮游的雾气，不着边际地飘，不知何处归宿。于是便努力静下神来，在黑暗中睁大了眼睛谛听，期望能有一些声音飘入耳中，哪怕这声音微弱得难以捕捉，但希望能有。譬如有一管洞箫呜咽，有一把小提琴低吟，或者是一个男人用低沉的嗓音在很远的地方唱一支听不清曲词的歌……然而总是什么也听不到。只有风声在窗外婉转低回，依稀能想见那风是如何撞动了树叶，如何卷起地上的尘土，也想起了发生在风中的数不清的往事……想着想着，风声就似乎发生了变化，不再那么单调，也不再那么无从捉摸。它们在我的耳中化成了音乐，时而是轻柔的小夜曲，时而是雄浑的交响乐，时而是奇妙的无伴奏合唱，旋律既熟悉又陌生。作曲的不是别人，而是自己。

　　假如热爱音乐，每个人都可能是作曲家。当然，你创造的旋律也许只在你自己的内心回旋，旁人无法听见这些属于你的音乐。小时候不知音乐为何物，只知道有些声音好听，有些声音刺耳，于是总想拣那些好听的声音来听。四五岁时跟大人到乡下去，农民用独轮车把我从码头送到村子里，一路上独轮车吱吱呀呀响个不停。这声音实在不怎么悦耳，像是老太婆尖着嗓门在那里不停地瞎叫嚷，听得人心烦。从码头到村子的路很长，耳边便不断地响着独轮车那尖厉而单调的声音。一路上有很多风景可看，忽而是一片竹林，忽而是一棵老树，忽而是一座颓败的小教堂，当然还有各种各样的石桥，有被炊烟笼罩着的村庄……看着看着，似乎把独轮车的声音忘了，那声音逐渐和眼里掠过的故乡风景融为一体，于是再不觉得刺耳。那时这种木制的独轮车是乡间最主要的运输工具，在公路上，在弯弯曲曲的田埂上，到处是吱呀作响的独轮车。有时候几十辆独轮车排成长龙在路上慢吞吞地行进，阵势颇为壮观。而几十辆独轮车一起发出的声响简直是惊心动魄，那些尖厉高亢的声音交织汇合在一起，像一群受着压抑的人在旷野里齐声呼叫。我无法听懂这种齐声呼叫的意义。我常常凝视着那些沉默的推车人，他们大多是一些瘦削的老人，布满皱纹的脸上没有笑容，车带深深地勒进他们的肩胛，汗珠在每一道肌腱上滚动。我觉得独轮车的声音就是从这些推车人的心里喊出来的……

很多年以后再回乡下，便很难见到这种独轮车了。坐着汽车驶过原野，心里居然惦记着独轮车的声音，希望能再听一听。没有了这些声音，乡村的绿树碧水中，仿佛缺少了一些东西。缺少了什么？我说不清楚。当我向乡里人打听消失了踪影的独轮车时，人们都用诧异的目光盯着我，一位开汽车的中年人反问道："你问这干啥？"在我惶然的沉默中，发问者已笑着自答："它们早过时了。独轮车的时代不会再回来喽！"

我依旧惶然，只是开始为自己的背时而惭愧。怀念着这种原始落后的玩意儿，岂不背时？不过我还是又见到了独轮车。那是在一间堆放柴草杂物的小屋子里，一辆古旧的独轮车被蛛网和尘土笼罩着悬在梁上，车把已断了一根，车轮也已残缺不圆。我默默地看着它，一种亲切感油然升上心头。我仿佛看着一把被人遗弃的古琴，琴弦虽已断尽，琴身也已破裂，然而它依然是琴。只要你听到过它当年发出的美妙音响，那么，即便无法再演奏，琴声依然会悄悄地在你心头响起，这旋律，将会加倍地动人。你会用自己的思念和想象使残破喑哑的古琴复活……

而独轮车，大概是很难复活了。只是那悠长而又凄厉的声音，却再也不会从我的心中消失，它们化成了属于我的音乐，时时在我的记忆中鸣响。这音乐能把我带到童年，带回到故乡。

❖ 日晷之影

> 影子在日光下移动，轨迹如此飘忽。是日光移动了影子，还是影子移动了日光？

——题记

我梦见自己须髯皆白，像一个满腹经纶的哲人，开口便能吐出警世的至理格言。

我张开嘴巴，却发不出一点声音。

我走得很累，坐在路边的石头上轻轻地喘息，我的声音却在寂静中发出悠长的回响。

时间啊，你正在前方急匆匆地走，为什么我永远也无法追上你？

时间是不是一种物质？说它不是，可天地间哪一件事物与它无关？说它是，它无形无色无声，谁能描绘它的形状？

说它短促，它只是电光闪烁般的一个瞬间。然而世界上有什么事物比它更长久呢？它无穷无尽，可以一直往上追溯，也可以一直往下延续，天地间永远没有它的尽头。

说时间如流水，不错，水在大地上奔流，没有人能阻挡它奔腾向前。然而水流有干涸的时候，时间却永不停止它的前行。说时间如电光，不错，电光一闪，正是时间的一个脚步。电光闪过之后，世界便又恢复了它的沉寂和黑暗。那么，时间究竟是闪烁的电光，还是沉寂和黑暗？

我们为时间设定了很多标签：秒、分、小时、天、月、旬、年、世纪……对于人类来说，每一个标签都有特定的意义，因为，在这个时刻，发生了对于某些人具有特殊意义的事件，比如某个人诞生，某一场战争爆发，某一个时代开始……然而对于时间来说，这些标签有什么意义呢？一天、一个月、一年、一个世纪，在时间的长河中都只能是一滴水、一朵浪花、一个瞬间。

再伟大的人物，在时间面前，都会显得渺小无能。叱咤风云的时候，时间是白金，是钻石，灿烂耀眼，光芒四射。然而转瞬之间，一切都已经过去，一切都变成了历史。

根据爱因斯坦的假设，如果能以光的速度奔跑，我就能走进遥远的历史，能走进我们的祖先曾经生活过的世界。于是，我便也能以现代人的观念，改写那些已经写进人类史册的历史，为那些黑暗的年代点燃几盏光明的灯火，为那些狂热的岁月泼一点清醒的凉水。我也能想办法改变那些曾经被扭曲被冤屈的历史人物的命运，取消很多人类的悲剧。我可以阻止屈原投江，解救布鲁诺出狱，我可以使射向普希金的子弹改变方向，也能使希特勒这个罪恶的名字没有机会出现在世界上……

然而我也不得不自问，如果我改变了历史，改变了祖先们的命运，那么，这天地之间还会不会有我此刻所处的世界，还会不会有我这样一个人？

我想，我永远也不可能以光速奔跑，我的同类、我的同时代人、我的后代，大概都不可能这样奔跑。所以我不可能改变历史。而且，我并不想做一个能改变历史的好汉。爱因斯坦也一样，他再聪明伟大，也无法改变已经过去的历史。

在乡下插队时，有一次干活休息，我一个人躺在一棵树下，斑驳的阳光透过树叶的缝隙照在我的身上。我的目光被视野中的一条小小的青虫吸引，它正沿着一根细而软的树枝，奇怪地扭动着身体，用极慢的速度往上爬。在阳光的照射下，它的身体变得晶莹透明。可以想象，对它来说，做这样的攀登是何等艰难劳累。小青虫费了很多时间，攀登到了树枝的顶端，再也无路可走。这时，一阵风吹来，树枝摇晃了一下，小青虫被晃落在地。这可怜的小虫子，费了这么多时间和气力，却因为瞬间的微风而功亏一篑。我想，我如果是这条小青虫，此刻将会被懊丧淹没。但小青虫在地上挣扎了一会儿，又慢慢地在地上爬动起来。我想，它大概会吸取教训，再也不会上树了。我在树下睡了一觉，醒来的时候，发现那条小青虫竟然又爬到了原来那根细树枝上，它还是那样吃力地扭动着身体，慢慢地向上爬……这小青虫使我吃惊，我怎么也不明白，是什么力量使它如此顽强地爬动，是什么原因使它如此固执地追寻那条走过的路。它要爬到树枝上去干什么？然而小虫子的执着却震撼了我。这究竟是愚昧还是智慧？

这固执坚忍的小青虫使我想起了希腊神话中的西西弗斯。西西弗斯死后被打入地狱，并被罚苦役：推石上山。西西弗斯花费九牛二虎之力，将一块巨石推到山顶，巨石只是在山顶作瞬间停留，又从原路滚落下山。西西弗斯必须追随巨石下山，重新一步一步将它推上山顶，然后巨石复又滚落，西西弗斯又得开始为之拼命……这种无效无望的艰苦劳作往复不断，永无穷尽。责令西西弗斯推石的诸神以为这是对他最严厉的惩罚。西西弗斯无法抗拒诸神的惩罚，然而推石上山这样一件艰苦而枯燥的工作，却没有摧垮他的意志。推石上山使他痛苦，也使他因忙碌辛劳而强健。有人认为，西西弗斯的形象，正是人类生活的一种简洁生动的象征，地球上的大多数人，其实就是这样活着，日复一日，重复着大致相同的生活。那么，我们生活的世界难道就是一个地狱？当然不是。加缪认为，西西弗斯是快乐而且幸福的，他的命运属于他自己，他推石上山是他的事情。他为把巨石推上山顶所做的搏斗，本身就足以使他的心里感到充实。

西西弗斯多像那条在树枝上爬动的小青虫。将时光和精力全部耗费在无穷的往返中，耗费在意义含混的劳役里，这难道就是人生的缩影？

我当然不愿意成为那条在树枝上爬动的小青虫，也不希望成为永远推着巨石上山的西西弗斯。我只想做一个普通的人，按自己的心愿生活。可是，我常常身不由己。

人是多么奇怪，阴霾弥漫的时候盼望云开日出，盼望阳光普照大地，晴朗的日子里却常常喜欢天空飘来云彩遮住太阳。黑暗笼罩天地的时候，光明是何等珍贵，一颗星星，一堆篝火，一点豆火，都会是生命的激素，是饥渴时的面包和清泉，是死寂中美妙无比的歌声，是希望和信心。如果世界上消失了黑夜，那又会怎么样呢？那时，光明会成为诅咒的对象，诗人们会对着太阳大喊：你滚吧，还我们黑夜，还我们星星和月亮！我们的祖先早已对此深有体验，后羿射日的故事，也许不是凭空杜撰出来的。

造物主给人类一双眼睛，我们用它们看自然，看人生，用它们观察世界上发生的一切事情。我们也用它们表达情感，用它们笑，用它们哭——多么奇妙，我们的眼睛会流出晶莹的液体。

婴儿刚从母体诞生时，谁也无法阻止他们的哇哇啼哭。他们不在乎任何人的看法，放开喉咙，无拘无束，大声地哭，泪水在他们红嫩的小脸上滚动，嘹亮的哭声在天地间回荡。哭，是他们给这个迎接他们到来的世界的唯一回报。

婴儿为什么哭？是因为突然出现的光明使他们受了惊吓，是因为充满空气的世界远比母亲的子宫寒冷，还是因为剪断了连接母体的脐带而疼痛？不知道。然而可以肯定，此时的哭声，没有任何悲伤的成分。诗人写诗，把婴儿的啼哭比作生命的宣言，比作人间最欢乐纯真的歌唱，这大概不能说错。而当婴儿长成孩童，长成大人后，有谁能记得自己刚钻出娘胎时的哭声，有谁能说清楚自己当时怎样哭，为什么而哭？诗人们自己也说不清楚。无助无知的婴儿，哭只是他们的本能。我们每个人当初都曾经为这样的本能大声地、毫不害羞地哭过。没有这样的经历，大概不能成为一个真正的人。

当我们认识了世事，积累了感情，有了爱憎，当我们开始在意自己的形象和表情，哭，就成了问题。哭再不可能是无意识的表情，眼泪和悲哀、忧伤、愤怒、欢乐联系在一起。有说

"姑娘的眼泪是金豆子"，也有说"男儿有泪不轻弹"，流眼泪，成了生命中的严重事件。

人人都经历过这样的严重事件。我想，当我的生活中消失了这样的"严重事件"，当我的眼睛失去了流泪的功能，我的生命大概也就走到了尽头。

心灵为什么博大？因为心灵在成长的过程中，经历了无数细微的情节，它们积累、沉淀，像种子在灵魂深处萌芽、生根、长叶，最终会开出花朵。把心灵比作田地，心田犹如宽广的原野，情感和思索的种子在这原野里生生灭灭，青黄相接，花开不败。我们视野中的一切，我们思想中的一切，我们所有的喜怒哀乐，都在这辽阔无边的原野中跋涉驰骋。

生命纵然能生出飞舞的翅膀，却无法飞越命运的屏障，无法飞越死亡。我们只是回旋在受局限的时空里，只是徘徊在曲折的小路上。对于个人，小路很短，尽头随时会出现。对于人类，这曲折的小路将永无穷尽。

活着，就往前走吧。我不知道前面会出现什么，但我渴望知道，于是便加快脚步。在天地之间活相同的时间，走的路却可能完全不同。有的人走得很远，看见很多美妙的景色，有的人却只是幽囚于斗室，至死也不明白世界有多么辽远阔大。

我常常回过头来找自己的脚印，却无法发现自己走过的路在哪里。无数交错纵横的脚印早已覆盖了我的足迹。

仰望天空，我永远也不会感到枯燥和厌倦。飞鸟划过，把对自由的向往写在天上。白云飘过，把悠闲的姿态勾勒在天上。乌云翻滚时，瞬息万变的天空浓缩了宇宙和人世的历史，瞬间的幻灭，演示出千万年的动荡曲折。

最神奇的，当然是繁星闪烁的天空。辽阔、深邃、神秘、无垠……这些字眼，都是为夜空设置的。人间的神话，大多起源于这可望而不可穷尽的星空。仰望夜空时我常常胡思乱想，中国的传说和外国的神话在星光浮动的天上融为一体。

嫦娥为了追求长生而投奔月宫，神女达佛涅为了摆脱宙斯的追求变成了一棵月桂树，嫦娥在月宫里散步时走到了达佛涅的月桂树下，两个同样寂寞的女神，她们会说些什么？

周穆王的八骏马展开翅膀腾云驾雾，迎面而来的，是赫利俄斯驾驭着那四匹喷火快马曳引的太阳车。中国的宝驹和希腊的神马在空中擦肩而过，马蹄和车轮的轰鸣惊天动地……

射日的后羿和太阳神阿波罗在空中相遇，是弓剑相见，还是握手言欢？

有风的时候，我想起风神玻瑞阿斯，他拍动肩头的翅膀，正在天上呼风唤雨，呼啸的大风中，沙飞石走，天摇地撼。而中国传说中的风姨女神，大概也会舞动长袖来凑热闹，长袖过处，清风徐来，百鸟在风中飞散，落花在风中飘舞……我由此而生出奇怪的念头：风，难道也有雌雄之分？

在寂静中，我的耳畔会出现荷马史诗中描绘过的"众神的狂笑"。应和这笑声的，是孙悟空大闹天宫时发出的漫天喧哗……

有时候，晴朗的夜空中看不见星星。夜空漆黑如墨，深不可测。于是想起了遥远的黑洞。

黑洞是什么？它是冥冥之中一只窥探万物的眼睛。它目力所及的一切，都会无情地被它吸入，消亡在它无穷无尽的黑暗里。也许，我和我的同类，都在它的视线之内，我们都在经历被它吸入的过程。这过程缓慢而无形，我们感觉不到痛苦，然而这痛苦的被吸入过程正在有条不紊地进行。

那么，那些死去的人，大概是完成了这样的痛苦。他们离开世界，消失在黑洞中。活着的人们永远也无法知道他们被吸入黑洞那一刹那的感觉。

发现了黑洞的霍金坐在轮椅上，他仰望星空的目光像夜空一样深不可测。

宇宙的无边无际，我从小就想不明白，有时越想越糊涂。天外有天，天外的天外的天又是什么？至于宇宙的成因，就更加使我困惑。据说，在极遥远的年代，宇宙产生于一次大爆炸，这威力巨大的爆炸使宇宙在瞬间膨胀了无数亿倍。今天的宇宙，仍在这膨胀的过程中。爱因斯坦的广义相对论为这样的"爆炸"和"膨胀"说提供了依据。

于是坐在轮椅上的霍金说话了:"假如暴胀宇宙论是正确的,宇宙就包含有足够的暗物质,它们似乎与构成恒星和行星的正常物质不同。"

"暗物质",也就是隐形物质,据说它们占了宇宙物质的百分之九十。也就是说,在天地之间,大多数的物质,我们都看不见摸不着,它们包围着我们,而我们却一无所知。多么可怕的事情!

科学家正在很辛苦地寻找"暗物质"存在的依据。这样的探寻,大概是人世间最深奥最神秘的工作。但愿他们会成功。

而我们这样平凡的人,此生大概只能观察、触摸那百分之十的有形物质。然而这就够了,这并不妨碍我的思想远走高飞。

一只不知名的小花雀飞到我书房的窗台上,它灰褐色的羽毛中,镶嵌着几缕耀眼的鲜红。这样可爱的生灵,还好没有归入隐形的一类。花雀抬起头来,正好撞到了我凝视的目光。它瞪着我,并不因为我的窥视而退缩,那对闪闪发亮的小眼睛,似乎凝集了天地间的惊奇和智慧。它似乎准备发问,也准备告诉我远方的见闻。

我向它伸出手去,它却张开翅膀,飞得无影无踪。为什么,它的目光使我怦然心动？

微风中的芦苇姿态优美，柔曼妩媚，向世界展示生命的万种风情。微风啊，你是生命的化妆品，你用轻柔透明的羽纱制作出不重复的美妙时装，在每一株芦苇身边舞蹈。你把梦和幻想抛撒在空中，青翠的芦叶和银白的芦花在你的舞蹈中羽化成蝴蝶和鸟，展翅飞上清澈的天空。

微风轻漾时，摇曳的芦苇像沉醉在冥想中的诗人。

在一场暴风雨中，我目睹了芦苇被摧毁的过程。也是风，此时完全是另外一副面容，温和文雅不知去向，取而代之的是疯狂和粗暴。撕裂的绿叶在狂风中飞旋，折断的苇秆在泥泞中颤抖……这是一场实力悬殊的战争，是强大的入侵者对无助弱者的蹂躏和屠杀。

暴风雨过去后，世界像以前一样平静。狂风又变成了微风，踱着悠闲的步子徐徐而来。然而被摧毁的芦苇再也无法以优美的姿态迎接微风。微风啊，你是代表离去的暴风雨来检阅它的威力和战果，还是出于愧疚和怜悯，来安抚受伤的生命？

芦苇无语。倒伏在地的苇秆上，伸出尚存的绿叶，微风吹动它们，它们变成了手掌，无力地摇动着，仿佛在表示抗议，又像是为了拒绝。

可怜的芦苇！它们倒在地上，在微风中舔着伤口，心里绝不会有报仇的念头。生而为芦苇，永不可能成为复仇者。只能逆来顺受地活下去，用奇迹般的再生证明生命的坚忍和顽强。

而风，来去无踪，美化着生命，也毁灭着生命。在有人赞美它的时候，也有人在诅咒它。

无须从哲人的词典里选取闪光的词汇为自己壮胆。活在这世上，每一个人都具备了做一个哲人的条件。你在生活的路上挣扎着，你在为生存而搏斗，你在爱，你在恨，你在寻求，你在追求一个目标，你在为你的存在而思索，为你的行动而斟酌，你就可能是一个哲人。不要说你不具备哲人的智慧和深沉，即便你木讷少言，你也可能口吐莲花。

行者，必有停留之时。在哪一点上停下来其实并不重要。要紧的是停下来之前走了多少路，走到了什么地方，看见了一些什么。

将生命停止在风景美妙的一点上，当然有意思。即便是停止在幽暗之处，停止在人迹罕至的场所，停止在荒凉的原野，也不必遗憾。只要生命能成为一个坐标，为世人提供一点故事，指点一段迷津，你就不会愧对曾经关注你的那些目光。

我仰望天空，我知道上苍在俯视我。我头顶的宇宙就是上苍，我无法了解和抵达的一切，都凝聚在上苍的目光中，这目光深邃博大，能包容世间万物。

我想，唯一无法被上苍探知的，是我的内心。你知道我在想什么，我在憧憬什么，我在期待什么？上帝，你不知道，我也不会告诉你。如果你以为你已洞察一切，那么你就错了。

　　是的，对于我的内心来说，我自己就是上苍。

❖ 远去的歌声

记忆是一个奇妙的仓库，你经历过的情景，只要用心记住了，它们便会永远留存下来，本领再高的盗贼也无法将它们窃走。记忆中这些美好的库藏，可能是一个动人的故事，一张温和的笑脸，一幅优美的图画，一个刻骨铭心的美妙瞬间，也可能是一种曾经拨动你心弦的声音。

是的，我想起了一些奇妙的声音。这些声音早已离我远去，但我无法忘记它们。有时，它们还会飘漾在我的梦中，使我恍惚又回到了童年时代。

常常是在一些晴朗的下午，阳光透过窗玻璃的反照，在天花板上浮动。这时，窗外传来了一阵悠扬的女声："修牙刷——坏格牙刷修喂……"这样枯燥乏味的几句话，竟然被唱出了婉转迷离的旋律。这旋律，悠扬，高亢，跌宕起伏，带着一种幽远的亲切和温润，也蕴含着些许忧伤和凄美，在曲折的弄堂里飘旋回荡，一声声叩动着我的心。这时，我正被大人强迫躺在床上睡午觉，窗外传来的声音，仿佛是映照在天花板上的阳光的一部分，或者说是阳光演奏出的声音和旋律。在我童年的记忆中，午后的阳光，总有着这样的旋律。我的想象力很自然地被这美妙的声音煽动起来，我追随着这声音，走出弄堂，走出城市，走向田野，走到海边，走进树林，走到山上，走入云端……奇怪的是，在我的联想中，就是没有和牙刷以及修牙刷的行当连在一起的东西，只是一阵从一个遥远而陌生的地方传来的美妙音乐。我唯恐这音乐很快消失，便用心捕捉着它们，捕捉它们的每一个音符，每一次回旋，每一声拖腔。当这声音如游丝一般在天边消失，我也不知不觉地被它带入了云光斑斓的梦境。

　　这声音和浮动的阳光一起，留在了我的心里，就像一支饱蘸着淡彩的毛笔，轻轻地抹过一张雪白的宣纸，在这白纸上，便出现了永远不会消除的彩晕。因为这些歌声，修牙刷这样乏味的活计，在我的想象中竟也有了抑扬顿挫的诗意。我常常想，能唱出如此奇妙动听的歌声的人，必定是一些很美丽的女人。我不止一次想象她们的形象：柳树一样的身姿，桃花一样的面容，清泉一样的目光，她们彩云一样播撒着仙乐飘飘而来，又彩云一样飘然而去……因为这些歌声，我从来没有把这声音想成吆喝或者叫卖，它们确实是歌，或者说是如歌的呼唤。然而见到她们后，我吃了一惊，她们和我想象中的仙女完全是两回事。

有一次我在弄堂里玩，突然听到了"修牙刷……"的呼喊，这声音美妙一如以往，悠然从弄堂口飘进来。我赶紧回头看，只见一个矮而胖的姑娘，穿一身打补丁的大襟花布棉袄，背一个木箱，脚步蹒跚地向我走来。她的容貌也不耐看，小眼睛，凹鼻梁，厚嘴唇，被太阳晒得又红又黑的脸色显得茁壮健康。那带给我很多美丽幻想的仙乐，就是由这样一个苏北乡下姑娘喊出来的！

我后来又看到过几个修牙刷的姑娘，她们除了修牙刷，常常还兼修雨伞。她们的形象，和我第一次见到的那位差不多。我不止一次观察过她们修理牙刷的过程，那是一种细巧的工作，用锥子在牙刷柄上刺出小洞，然后再穿入牙刷毛。她们的手很粗糙，然而非常灵活……

有意思的是，这些长得不好看的村姑，并没有破坏我对她们的歌声的美好印象。记忆的宣纸上，依然是那团诗意盎然的彩晕。当我在午后的阳光中听到她们的呼喊时，依然会遐想联翩，走进我憧憬的乐园。

那声音，早已远去，现在再也不会有人要修牙刷。我很奇怪，为什么我会一直清晰地记得它们。当我用文字来描绘这些声音时，它们仿佛正萦绕在我的耳畔。有时候，睡在床上，在将醒未醒之际，这样的声音仿佛从遥远的地方飘来，使时光倒流数十年，把我一下子拽回到遥远的童年时代。

在童年的记忆中，这样的声音并不单一。那时，在街头巷尾到处有动听的呼喊，除了修牙刷修伞的，还有修沙发的，箍桶的，配钥匙的，修棕绷藤绷的，所有的手艺人，都会用如歌的旋律发出他们独特的呼喊。还有那些飘荡在暮色中的叫卖声，卖芝麻糊的，卖赤豆粥的，卖小馄饨和宁波汤团的，卖炒白果和五香豆的，一个个唱得委婉百转，带着一种甜美的辛酸，轻轻叩动着人心……

这样的旧日都市风景，已经一去不返。现在时常出现在新村和里弄的叫卖声，粗浊而生硬，只有推销的急切，毫无人生的感慨，更无艺术的优雅。使我聊以自慰的是，现代人欣赏音乐，有了更多现代的途径。不用天天到音乐厅去，只要套上耳机，转动一张 CD，便能沉浸在音乐的辽阔海洋中。然而，有什么声音能替代当年那些亲切温润的歌唱呢？

❖ 望月

船舱里突然亮起来，一缕银白色的光芒，从开着的窗口里幽然射入，在小小的舱房里无声无息地飘，飘……

是月亮出来了！入睡以前，天空是黑沉沉的，浩瀚的天幕墨海一般倒悬在头顶，没有一颗星星。辽阔的长江从漆黑的远天中奔泻下来，只听见江水浑厚沉重的叹息声。

我搬一把椅子，悄悄走到甲板上坐下来。夜深人静，甲板上没有第二个人，只有我的影子，长长的黑黝黝地拖在我身后的舱壁上。

月亮是出来了。不知在什么时候，它挣脱了云层的封锁，粲然跃现在天幕中，骄傲而又安详地吐洒着它的清辉。这是一个残缺的月亮——就像开在天上的一扇又圆又亮的窗户，窗户的右上角被一方黑色的窗帘遮着；又像是一个寒光闪烁的冰球，球体的一部分已经开始融化……

月亮改变了夜天的形象。云层在它的周围逐渐溃散着，消失着，不可思议地融化在它清澈晶莹的光芒中，只留下一层透明无形的轻绡，若有若无地在它们面前飘来飘去，形成一圈虹彩似的光晕。星星们一颗一颗跳出来了。漆黑的夜天变成了深蓝色，那是一片孕育着珠贝珍宝的神奇的海……

月光洒落在长江里，江面被照亮了，流动的江水中，有千点万点晶莹闪烁的光斑在跳动。很多不规则的波纹，在水面起伏变幻着，仿佛是无数神秘的符号。江两岸，芦荡、树林和山峰的黑色剪影，在江天交界处隐隐约约地伸展起伏着，月光为它们镀上了一层银色的花边……

偶然回头时，竟发现身边多了一个人。这是跟随我出来旅行的小外甥，明明刚才还睡得很香，此刻居然已经搬着一把椅子坐到了甲板上。

“是月亮把我叫醒了。”小外甥调皮地朝我眨了眨眼睛，又仰起头凝望着天上的月亮出神了。不知道他在想什么。小外甥是五年级小学生，聪明好学，爱幻想，和他交谈是一件很愉快的事情，他常常用许多问题逼得我走投无路。

“我们来背诗好吗？写月亮的，我一首你一首。”小外甥向我挑战了。写月亮的诗多如繁星，他眼睛一眨就是一首。

他背：“床前明月光，疑是地上霜……”

我回他：“明月几时有，把酒问青天……”

他背："月上柳梢头，人约黄昏后……"

我回他："海上生明月，天涯共此时……"

他背："……天阶夜色凉如水，卧看牵牛织女星……"

我回他："……嫦娥应悔偷灵药，青天碧海夜夜心。"诗，和月亮一起，沐浴着我们，笼罩着我们，使我们沉醉在清幽旷远的气氛中。小外甥在自己小小的诗歌库藏中搜索着，不知是山穷水尽了，还是背得有些腻烦了，他突然中止了挑战，冒出一个问题来："你说，月亮像什么？"

他瞪大眼睛等我的回答，两个乌黑的瞳仁里，各有一个亮晶晶的小月亮闪闪发光。

"你说呢？你觉得月亮像什么？"

"像眼睛，独眼龙，老天爷的一只眼睛。"小外甥几乎不假思索地回答。

他的比喻使我愣了一愣。于是我又问："你说说，这是一只什么样的眼睛？"

小外甥想了一会儿，说："这是一只孤独的眼睛，它用冷淡的眼光凝视着大地。别看它冷淡得很，其实很喜欢看我们的大地，所以每一次闭上了，又忍不住偷偷睁开，每个月都要圆圆地睁大一次……"他绘声绘色地说着，仿佛在讲一个现成的童话故事。而我，却交了一次白卷。因为我觉得自己的想象力远不如小外甥。

"你听过贝多芬的《月光曲》吗？"小外甥的思路像月光一样飘飞着，他又想到了音乐，"我们的语文课本里，有一篇文章就是讲《月光曲》的，我能背下来，你要不要听？"

他大声背起来，清脆的声音在月光下回荡，那么清晰：

"……一阵风把蜡烛吹灭了，月光照进窗子来，茅屋里的一切都像披上了一层银纱。贝多芬望了望站在身边的穷兄弟姐妹，借着清幽的月光按起琴键来。

"皮鞋匠静静地听着，他好像面对着大海，月亮正从水天相接的地方升起来。海面上霎时间洒遍了银光。月亮越升越高，穿过一缕缕轻纱似的微云。忽然，海面上刮起了大风，卷起了巨浪，一个个被月光照得雪亮的浪花向着岸边涌来。皮鞋匠看了看他妹妹，月光正照在她那张恬静的脸上，照亮了她从来没有看到过的景象——在月光照耀下波涛汹涌的大海……"

在小外甥的背诵里，我的耳边分明响起了琴声，琴声如月光，琴声如月下流水……这是一个发生在月光中的动人故事，伟大的贝多芬在这个故事里写出了不朽的《月光曲》，他把月光化成了美丽的琴声。从此，在那些没有月亮的黑夜里，他的琴声宁静而又忧伤地向人们描绘着莹洁清澈的月光，这月光永远不会消失。

天边那些淡淡的云絮在不知不觉中聚齐起来，变得密集、沉重，一会儿，月光就被云层封锁了。天空又突然幽黑深涩起来，只有离月亮很远的地方还闪烁着几颗星星。

　　"月亮困了，睁不开眼睛了。"小外甥打了个呵欠，摇摇晃晃走回舱里去了。

　　甲板上又只留下我一个人。我久久凝视月亮消失的地方，那里有一片隐隐约约的亮光。是的，这亮光是蕴涵无穷的，这是诗和音乐的泉眼，它使我焕发了童心，轻轻地展开了幻想的翅膀……

❖ 山雨

    山雨来得突然——跟着一阵阵湿润的山风，跟着一缕缕轻盈的云雾，雨，悄悄地来了。

    先是听见它的声音，从很远的山林里传来，从很高的山坡上传来——

    沙啦啦，沙啦啦……

    像一曲无字的歌谣，神奇地从四面八方飘然而起，逐渐清晰起来，响亮起来，由远而近，由远而近……

    雨声里，山中的每一块岩石、每一片树叶、每一丛绿草，都变成了奇妙无比的琴键，飘飘洒洒的雨丝是无数轻捷柔软的手指，弹奏出一首又一首优雅的小曲，每一个音符都带着幻想的色彩。

    雨改变了山林的颜色。在阳光下，山林的色彩层次多得几乎难以辨认，有墨绿、翠绿，有淡青、金黄，也有火一般的红色。在雨中，所有色彩都融化在水淋淋的嫩绿之中，绿得耀眼，绿得透明。这清新的绿色仿佛在雨雾中流动，流进我的眼睛，流进我的心胸。

这雨中的绿色，在画家的调色板上是很难调出来的，然而只要见过这水淋淋的绿，便很难忘却。

不知在什么时候，雨，悄悄地停了。风也屏住了呼吸，山中一下变得非常幽静。远处，一只不知名的鸟儿开始啼啭起来，仿佛在倾吐着浴后的欢悦。近处，凝聚在树叶上的雨珠还往下滴着，滴落在路旁的小水洼中，发出异常清脆的音响——

叮——咚——叮——咚……

仿佛是一场山雨的余韵。

❖ 愿你的枝头长出真的叶子

记得有一位散文家说过：语言是什么？语言好比是叶子，点缀在你思想的枝头。假如没有这些绿莹莹的可爱的叶子，谁会对你那光秃秃的枝干发生兴趣？

说得好极了。散文的魅力，在很大程度上取决于文章的语言。枯涩的、干巴巴的乏味的语言，不可能组合成动人的篇章。真正的散文家，必须是驾驭文学语言的大师，他们的枝头，一定有着水灵灵的、生机勃勃的叶子，使人一看见眼睛就发亮。

我因此而产生了很多联想呢！读我所喜爱的大师们的散文时，我的眼前常常会出现一些树来：鲁迅——时而是一株参天古银杏，在灿然的夕照中悠然摇曳着茂密的绿叶；时而是一株枸骨，在严寒中凛然挺着不屈的利刺。朱自清——那是一株朴实而又优雅的梧桐，它那些阔大的树叶在阳光下飘动时，使人感到可亲可近；当月亮升起以后，则又会变得无比美妙。陆蠡——一棵精巧的常春藤，那些柔弱美丽的叶子在幽暗中顽强地伸向阳光……泰戈尔——那是一株南国的菩提树，在那些我无法确切描绘形状的叶片下，隐蔽着神秘的果子。阿索林——一棵西班牙的丁香树，晚风里飘荡着那绿叶的清芬。卢森堡——一棵秋天的红枫，每一片红叶都像一团火，优美地燃烧……

我也因此而钻过牛角尖呢！我曾经以为华丽的语言便是一切，只要拥有丰富的辞藻，只要善于驾驭语言，就可以写成美妙动人的散文。

我曾经苦苦地想着怎样使我的叶子丰满起来，缤纷起来。我要变成一棵绿叶繁茂的大树！于是，我曾经有过一本又一本"描写辞典""佳句摘录"，有过雪片似的词汇卡片……

我的文字，也确乎华丽过一阵——写日出，可以用数十个形容词渲染早霞的色彩；写月光，可以抖出一大堆晶莹的、闪光的词汇，而且博引古今，从李太白"举头望明月"、苏东坡"把酒问青天"，直到贝多芬的《月光奏鸣曲》……这些华丽而又缤纷的文字，先后被我扔进了废纸篓，因为，没有人爱读它们，连我自己也无法被它们打动。年少的朋友说：太花哨了，没什么意思。年长的行家说：没有真情，没有你自己！

我的心里"咯噔"一下，就像有一阵强劲的秋风狠狠吹来，一下子扫落了我从许多树上摘来披在自己身上的叶子。哦，这些叶子，不是属于我的！我光秃秃了，只剩下几根可怜的枝干。

没有真情，没有你自己！年长的行家道出了我的症结。披一身花花绿绿的假叶子，怎么会不让人讨厌！

　　我只顾到处找叶子，竟忘记了自己的枝干！真的，属于我自己的叶子，只能从我自己的枝头长出来！用自己枝干中的水分、营养催动那些孕在枝头的嫩芽，让它们挣破羽壳，展开在阳光下。不管它们是圆圆的还是尖尖的，不管它们是阔大的还是细小的，它们总是有别于其他树叶，它们才是属于你自己的。正因为如此，它们才可能吸引世人的目光。当然，知音永远只是一部分人。

　　于是我努力地在自己的枝头培育自己的叶子。那些由我辛辛苦苦采撷来的、被秋风扫落的华美的叶子，并非一无所用，它们堆集在我的根部，变成了丰富的养料，我用我的逐渐发达的根须努力吸收它们，使它们融入我的躯干——长出我自己的叶子需要它们。终于有一点叶子，从我的枝头长出来了。

　　我继续写散文。我努力用自己的口吻倾吐我对生活、对人生的感受和思索，倾吐我的爱、我的恨，用我自己的语言描述我的所见所闻。怎么看，怎么想，就怎么说。似乎不如从前缤纷了，但这是真的叶子。

　　是的，只有那些表达着、蕴涵着真情的语言，才是真正的散文语言；只有用这样的语言才能组合成真正的好散文。

不要以为它们都是色彩缤纷的，绝不是这样的。试想，假如每棵树上都一律长满花花绿绿的七色叶子，森林必将失去它的魅力。

谈到散文的语言时，巴乌斯托夫斯基曾经这样讲：

散文的辞藻开着花，发着光，它们时而像草叶一样簌簌低语，时而像泉水一样淙淙有声，时而像鸟一般啼啭，时而像最初的冰一样发出细碎的声音，也像星移一般，排成缓缓的行列，落在我们的记忆里……

单纯，比光辉、缤纷的色彩、孟加拉的晚霞、星空的闪烁，比那些好像强大的瀑布，像整个由树叶和花朵做成的尼亚加拉瀑布以及皮上有光彩的热带植物，对内心的作用还要大……

很偶然地读到温斯顿·丘吉尔的《我与绘画的缘分》。这位叱咤风云的英国首相，居然也写过散文。他当然不在散文大家之列，可《我与绘画的缘分》结结实实地抓住了我，我喜欢它，它不同一般。他的语言是明白晓畅的，接近于朴实无华，就像随随便便和朋友聊天、谈往事，谈他对绘画的热爱和理解。然而他的机智、敏锐、顽强不屈，甚至他的勃勃雄心，却可以从那些平平淡淡的语言里流出来、闪出来、蹦出来。如果用树作比喻的话，我不知道该把他比作什么树，正像我叫不出植物园里的许多树一样，这毫不足怪。然而它的叶子与众不同，有特点，有个性，我能在万木丛中一眼认出它来。而有许多写过不少散文的作家，我却无法在丛林中辨认它们，也许这就是所谓"性格的力量"吧。我们不妨学学丘吉尔，在追求散文语言的个性化上下一番功夫。

是的，光吐露真情还不够，必须尽可能充分地展现个性，有个性才能自成风格。我想，世界上有多少树，有多少形形色色的叶子，就应该有多少风格迥异的散文语言。只要长在坚实的枝头上，所有的叶子都会有它的动人之处。当白玉兰树以阔大的绿叶迎接着雨滴，为能发出古筝般的奇响而骄傲时，小小的黄杨也正用瓜子般的小圆叶托起雨滴，像捧着无数亮晶晶的珍珠；当香山的黄栌以火一般的红叶燃遍群山的时候，山脚下的银杏也正用金黄的叶片吸引游人的目光……

朋友，如果你写散文，你不妨翻开你的稿笺，观赏一下你自己的叶子，看看它们是不是真正属于你的。

愿你的枝头长出真的叶子来！

❖ 时间断想

天地之间，只有一样东西永远无法阻挡，它就是时间。

时间迎面而来，无声无息。它和你擦身而过，不容你叹息，你希望抓住的现在就已成了过去。你纵有铜墙铁壁，纵有万马千军，纵有比珠穆朗玛峰更高的堤坝，纵有比太平洋更浩渺的阔海深渊，却不可能阻挡它一步，更不可能使它在空中延缓半步。

转瞬之间，你正在经历的现实就变成了历史，变成了时间留在世界上的脚印。

我们所能见的一切，都凝集着过去的时间，都是时间的脚印。

前些日子，我在欧洲旅行。在庞贝，面对着千百年前覆灭于火山喷发的古城，我感慨在神秘的自然面前人类是多么脆弱渺小。庞贝的毁灭，只是瞬间的事件，火山轰然喷发，岩浆和火山灰埋葬了人间的繁华。当年的天崩地裂，已经听不见一丝回声。然而一切都还留在那里，石街廊坊，残垣断柱，颓败的宫殿、作坊和浴场，过去的千年岁月，都凝集在这些被雕琢过的石头中。而那些保持着临死时挣扎状的火山灰人体雕塑，似乎正在向后人描述时间的无情。

天边的火山是沉静的，当年的喷发已经改变了它的外形。即便是伟力无比的自然，在时间面前，也无可奈何地放弃了它的威仪。

时间把过去的一切，都凿刻成了雕塑。

在罗马，我走进有两千四百年历史的万神殿大厅，抬头看阳光从镂空的穹顶上洒下来，辐射在空旷的大殿里。两千多年来，阳光每天都以相同的方式照亮幽暗的厅堂，然而在相同的景象中，时间却一年又一年地流逝，使这座宏伟神殿从年轻逐渐走向古老。

在厅堂一角，埋葬着画家拉斐尔，在这个古老厅堂的居住者中，他显得如此年轻。而站在这样的古殿中，我觉得自己就像一个刚到这个世界的婴孩。

哲人的诗句可以将时间描绘成流水，而流水也有停滞的时候。时间更像是光，在黑暗中一闪而过。我的目光，和辐射在古殿里的阳光相交，和殿堂中古代雕塑神像们的目光相遇，我感觉时间在这样的交汇中似乎有了片刻的停留。这当然是幻想，过去的时间永不再回来。我们可以欣赏时间的雕塑，却无法和逝去的时间重逢。

还是回到中国，回到我的生活中来。时间如同空气，无时不在，无处不在，我们的世界永远是现在进行时。

　　正在进行的时间，也就是不断地和我们擦肩而过的时间，也许是最珍贵的，也是最有魅力的。它可以使梦想变成现实，也可以使现实变成梦想。

　　在我的周围，我每时每刻都听见时间有条不紊的脚步声。从正在修建的道路和桥梁上，从正在一层层升高的楼房里，从马路上少男少女活泼的身影中，从街心花园正在打太极拳的老人微笑的表情里，甚至从路边花草在阳光下舒展的枝叶间，我目睹着时间正在实施它改变世界的计划。

　　婴儿的啼哭，孩童的欢笑，情侣的拥吻，中年人鬓边的白发，老年人额头的皱纹，都是时间的旋律。幼芽的萌发，花蕾的绽放，落叶的飘动，早晨烂漫的云霞，黄昏迷人的夕照，都是时间的呼吸。

　　面对时间，有惊喜，也有无奈。成功者在时间的浪峰上喜庆时，失落无助的人正在时间的脚步声中叹息……

　　珍惜时间，就是爱生活，爱生命，爱人。

　　在迎接新春到来的时候，我遥想着未来。最神奇、最不可捉摸的，应该是未来的时间。没有人能确切地描绘它的形态，但可以感觉它步步紧逼的态势。也许，只有未来的时间是可以被设计、可以被规划的。因为，我们可以对时间即将赐予的机会做一点准备，也就是对未来的生活做一点准备，准备对付可能来临的考验，准备迎接可能遭遇的挑战，准备为新的旅程铺路、搭桥、点灯……

有所期待的人生，总是美好的。

我想对未来的时间说：你来吧，我们等着！

❖ 冰霜花

你从南国来信，要我描绘北方寒冷的景象，这使我为难了。在地图上，我们这个城市是在中国的南北之间，冬天，远不如东北寒冷，但比起你们花城，自然冷多了，凛冽的北风，也能刺人骨髓。然而很难告诉你，什么是这里冬天的特征。你想象中的冰天雪地，这里没有。对了，有一个很有趣的现象，值得向你描绘一下。

早晨醒来，我的窗上总是结满了晶莹的冰霜。这是一些奇妙的花儿，大大小小，姿态各异：有六个瓣儿的，像一朵朵被放大了的雪花；有不规则的，无数长长短短呈辐射状的花瓣布满了玻璃窗格。仿佛有一个身怀绝技的雕刻大师，每天晚上，都在窗上精心雕刻出新鲜的花样，使我一睁开眼睛，就得到一种美的享受，就感受到大自然和生活的多彩多姿……

大自然的创造，是人工所无法模拟的。窗上的这些冰霜花，实在是一个奇迹，每天出现，却绝不重复，千奇百怪，翻不尽的花样。看着它们，我总是感到自己的想象力太贫乏。它们似乎像世上所有的花儿，又似乎全都不像，于是，我想到了天女的花篮，想到了海底的水晶宫……如果是画家，他一定会从这些晶莹而又变化无穷的花纹中得到许多灵感和启示的。而我却只有惊叹，只有一些飘忽迷离的想入非非。我觉得它们是一朵朵有生命的花，是一首首无比精妙的诗……

太阳出来后，窗上的冰霜花便会渐渐融化，使窗户变得一片模糊，再也没有什么动人之处了。所以我有时竟希望太阳稍稍迟一些出来，能使这些晶莹的花儿多保留一些时候，让我多看几眼，多驰骋一会儿想象。

这些美妙的小花，只和寒冷做伴。我刚才说的那个雕刻大师，就是它——寒冷，呼啸的北风是它的雕刻刀。在人们诅咒着严寒的时候，它却悄悄地、不动声色地完成了它的举世无双的杰作。大概很少有人看见过冰霜花开放的过程，这也许可以算一个秘密，只有风儿知道，只有水珠儿知道。当那些游荡在温暖的屋子里的水汽，在窗上凝结成小水珠时，窗外的寒流，便赶来开始了它的雕刻。对小水珠儿来说，这种雕刻，可能是一场痛苦的煎熬，是一次生死的搏斗——柔弱而纯洁的小生命，面对强大的寒流，顽强地坚守着自己的营地，勇敢地抗争着。寒流终于无法消灭这些颤动的小生命，只是使它们凝固在玻璃上，成了一朵朵亮晶晶的花儿。

能不能说，冰霜花，是一场搏斗的速写，是一群弱小生命的美丽庄严的宣言呢？你可能会笑我牵强附会。但我从这些开放在严寒之中的小花儿身上，悟出了一个道理：美，常常是在艰难和搏斗中形成的。

是的，严寒为世界带来了灾难，却也造就了美。假如你看到被雪花覆盖的洁净辽阔的田野，看到北方人用巨大的冰块镂刻出千姿百态的冰雕冰灯，你一定会惊喜得说不出话来。而冰霜花，似乎是把严寒所创造的美全部凝集在它们那沉静而又精致的形象之中了。面对着它们，你也许再也不会诅咒寒冷。看着窗上的冰霜花，我也曾经想起南国的那些花，那些在炎阳和热风中优雅而又坦然地绽开的奇葩：凤凰花、茉莉花、白兰花、美人蕉、米兰……以及许多我从未曾有机会见识的南国花卉。在难耐的酷暑中，它们微笑着，轻轻地吐出清幽的芳馨。我想，它们和这里的冰霜花似乎有着共同的性格，一个在严寒中形成，一个在高温下吐苞，都曾经历了艰难、痛苦和搏斗，却一样的美丽，一样的使人赏心悦目。无论在北方，还是在南方，我们的周围，总是有一些美好的东西，在默默地生长着，不管世界对它们多么严酷。也许，正是因为形成在严酷之中，这些美，才不平庸，不俗气，才会有非同一般的魅力。

你看，我扯得远了。还是回到我要向你描绘的冰霜花上来吧。

　　然而遗憾得很，暖洋洋的阳光已经流进了我的屋子，窗上的冰霜花，早已融化了，像一行行泪水，在玻璃上无声无息地流淌，仿佛是因为失去了它们的美而悲哀地哭泣着。不错，冰霜花，毕竟不能算真正的花，看着玻璃窗上那一片朦胧的水雾，我心中不禁有几分怅然。不过，到明天清晨，它们一定又会悄悄开放在我的窗上，向我展现它们那全新的容颜。

❖ 光阴

谁也无法描绘出他的面目。但世界上到处能听到他的脚步声。

当枯黄的树叶在寒风中飘飘坠落时，当垂危的老人以留恋的目光扫视周围的天地时，他还是沉着而又默然地走，叹息也不能使他停步。

他从你的手指缝里流过去。

从你的脚底下滑过去。

从你的视野你的思想里飞过去……

他是一把神奇而又无情的雕刻刀，在天地之间创造着种种奇迹。他能把巨石分裂成尘土，把幼苗变成大树，把荒漠变成城市和园林。他也能使繁华之都衰败成荒凉的废墟，使闪亮的金属爬满绿锈，失去光泽。老人额头的皱纹是他镌刻出来的，少女脸上的红晕也是他描画出来的。生命的繁衍和世界的运动全都由他精心指挥着。

他按时撕下一张又一张日历，把将来变成现在，把现在变成过去，把过去变成越来越远的历史。

他慷慨。你不必乞求，属于你的，他总是如数奉献。

他公正。不管你权重如山、腰缠万贯，还是一介布衣、两手空空，他都一视同仁。没有人能将他占为己有，哪怕你一掷千金，他也绝不会因此而施舍一分一秒。

你珍重他，他便在你的身后长出绿荫，结出沉甸甸的果实。你漠视他，他就化成轻烟，消散得无影无踪。

有时，短暂的一瞬会成为永恒，这是因为他把脚印深深地留在了人们的心里。

有时，漫长的岁月会成为一瞬，这是因为风沙湮没了他的脚印。

❖ 音乐的光芒

　　深夜。无月，无风。带木栅栏的小窗外，合欢树高大的树冠犹如张开着巨臂的人影，纹丝不动，贴在墨一般深蓝的天幕上。一颗暗淡的星星孤独地挂在树梢，像凝固在黑色人影上的一粒冰珠，冷峻而肃穆。

　　静。静得使人想到死亡。思绪的河流也因之枯涸，没有涟漪，没有飞溅的水花，没有鱼儿轻盈的穿梭……只有自己沉闷的呼吸，沉闷得像岩石，像龟裂的土地，像无法推动的铁门。难熬的寂静。这时，突然有一种极轻微的声音从远处飘来，仿佛有一个小提琴手将弓轻轻地落到 E 弦上，又轻轻地拉了一下。这过程是那么短促，我还没有来得及品味其中的韵律，声音已经在夜空里消失。世界复又静寂。在我的小草屋里，这响动却留下了回声，一遍又一遍，委婉沉着地回荡着，回荡成一段优美的旋律，优美中蕴涵着淡淡的忧伤，也流淌着梦幻一般的欣喜。眼前恍惚有形象出现：一个黑衣少女，伫立在月光下，拉一把金黄色的小提琴，曲子是即兴的，纤手持着轻巧的弓，在四根银弦上自由自在地跳跃滑行。音符奇妙地从弓弦下飘起来，变成一阵晶莹的旋风，先是绕着少女打转，少女黑色的长裙在旋风中翩然起舞，旋风缓缓移动，所达之处，一片星光闪烁。渐渐地，我也在这旋风的笼罩之中了。我仿佛走进了一个辉煌的音乐厅，无数熟悉的旋律在我耳畔光芒四射地响起来。钢琴沉静地弹着巴赫，长笛优雅地吹着莫扎特，交响乐队大气磅礴地合奏着贝多芬……也有洞箫和琵琶，娓娓叙说着古老的中国故事……

终于，一切都消失了，万籁俱寂，只剩下我坐在木窗下发呆。窗外，合欢树的黑影被镀上一层亮晶晶的银边。月亮已经悄悄升起……

以上的经验，距今已有二十多年，那时我孤身一人住在荒僻乡野的一间小草屋里，度过了无数寂静的长夜。静夜中突然出现的那种声音，其实是附近的人家在开门，破旧的木门被拉动时，常常发出尖厉的摩擦声，从远处听起来，这尖厉的声音便显得悠扬而奇妙，使我生出很多不切实际的幻想。门轴的转动和美妙的音乐，两者毫不相干，把它们联系在一起，似乎很荒唐，然而却又是那么自然。一次又一次，我独自沉浸在对音乐的回忆中，这种回忆如同灿烂的星光洒进我灰暗的生活，使我在坎坷和泥泞中依然感受到做一个人的高尚和珍贵。

　　是的，如果要我感谢什么人，而且只能感谢一次，那么，我想把这一次感谢奉献给那些为人类创造出美妙音乐的人。倘若没有音乐，我们的生活将会变得多么沉闷可怕。我曾经请一位作曲家对音乐下一个定义，他几乎是不假思索地答道："什么是真正的音乐？音乐是人类的爱和智慧的升华，是人类对理想的憧憬和呼唤。"他的回答使我沉思了很久。这回答当然不错，可是用这样的定义来解释其他艺术，譬如绘画和舞蹈，似乎也未尝不可。但音乐毕竟不同于其他艺术。音乐把人类复杂微妙的感情和曲折丰富的经验化成了无形的音符，在冥冥之中回响，它们抚摸、叩动、撞击甚至撕扯着你的灵魂，使浮躁的心灵恢复宁静，使干涸的心田变得湿润，也可以让平静的心灵掀起奇妙的波澜。音乐对听者毫无要求，它们只是在空中鸣响，而你却可以使这鸣响变成翅膀，安插到你自己的心头，然后展翅翱翔，飞向你所向往的境界……而其他艺术则难以达到这样的境界。音乐是自由的，又是无所不在的。有什么记忆能比对音乐的记忆更为深刻，更为顽强，更为恒久呢？这种记忆不会因岁月的流逝而失去它应有的色彩。当你被孤寂笼罩的时候，能够打开这记忆的库藏是一种莫大的幸运。你有没有这样一个音乐库藏呢？如果有，那么你或许会理解，一扇木门的响动，怎么会变成优美的小提琴独奏。你的生活中曾经有过美妙的音乐，你的心曾经为美妙的音乐而震颤陶醉，那么，这些曾使你动情的旋律便会融化在你的灵魂里。一个浸透了动人音乐的灵魂是不会被空虚吞噬的。是的，我常常陶醉在美妙的音乐里，我常常不去想这音乐究竟是表达什么内容，有些旋律永远无法用语言来解释，只能用你自己的心灵和思想去感受，去体会，去遐想。而这种无拘无束、自由自在的遐想，是人生旅途中何等诗意盎然的境界。

我想起了我喜欢的一位中国指挥家侯润宇，他曾周游列国，在国际乐坛上为中国人争得了荣誉。我一直无法忘记他指挥的一场交响音乐会。这是一位瘦小而文静的中年人，在生活中并不起眼，和那些用夸张的动作和表情站在乐队前手舞足蹈的指挥相比，他实在太文雅太安静了。但他能用心灵感受音乐，理解音乐，表现音乐，他的精神中充满了音乐。当他站到庞大的乐队前面，不慌不忙地举起指挥棒时，就像一个骄傲而威严的大将军面对着他的千军万马……

那场音乐会演奏的是瓦格纳的歌剧《唐豪赛》序曲。侯润宇用他那根小小的指挥棒，挑出了惊天动地的声音。我在音乐中闭上眼睛，想透过轰鸣的旋律寻找《唐豪赛》中的人物，然而我失败了。我的眼前既未走来朝圣的信徒，也没有舞出妩媚的仙女，那位在盛宴上放歌豪饮的英雄更是无影无踪。我在音乐中感觉到的是一种毫不相干的景象。被轰鸣的旋律簇拥着，我仿佛又走到了二十年前我常常走的一道高耸的江堤上。灰色的浓云低低地压在我的头顶，眼前是浩瀚无际的长江入海口。浑黄的江水在云天下起伏翻滚，发出低沉的咆哮，巨大的浪头互相推挤着，成群结队向我扑来。巨浪一个接一个轰然打到堤岸上，又被撞成水花和白雾，飞飘到空中，飞溅到我的身上。我的整个身心逐渐湿润了，清凉了，郁积在心底的忧愁和烦恼在轰鸣的涛声中化成了轻烟，化成了白色的鸥鸟，振抖着翅膀翔舞在水天之间。浓重的铅云开裂了，露出了缝隙，一道阳光从缝隙中射进来，射在起伏的水面上，波浪又把阳光反射到空中。我是在一片光明的包围之中了……

❖ 人生妙境

人生的美妙境界是什么？

这个问题也许并不那么简单。但在我，可以毫不犹豫地回答：是沉醉在优美的音乐之中。当无形的音符在冥冥之中翩然起舞，汇成激动人心的旋律把你包围、把你笼罩、把你淹没时，你会忘记世间的烦恼。你的心会变成鸟，轻盈地飞翔在音乐构成的天空；你的灵魂会变成鱼，自由自在地游弋于音乐汇成的河流中……

你会融化在音乐中，仿佛自己也化成了音符，化成了音乐的一部分。音乐会使你微笑，使你流泪，使你不由自主地发出深深的叹息，这一切都令人陶醉。音乐像大热天里的丝丝凉雨，轻轻地掸落那飘浮在你心里的灰尘……

音乐无求于你，它只是在空中鸣响。假如你的听觉和心灵之间有一根弦渴望着被拨动，那么，音乐就会变成许多灵巧的手指，把你的心弦弹拨，于是，你的心中便会有绵绵不绝的美妙回响……

　　当然，音乐，是一个内涵极为丰富的大范畴，个人的兴趣不可能包罗万象。不同的人心目中会有不同的美妙音乐。如果说，凡是音乐便能使我陶醉，那显然荒唐。我喜欢西方古典音乐，譬如，巴赫的庄重安详，贝多芬的热情雄浑，莫扎特的优美典雅，肖邦的飘逸忧伤，柴可夫斯基的深沉委婉……

　　我的心弦无数次地在他们的音乐中颤动。这些音乐，是人类的智慧和感情的最美丽的结晶。作曲家将人类的高尚理想和美好情绪转换成了旋律，这样的旋律无疑是音乐中的精华。我以为，就这一点来看，这些伟大的古典音乐家的成就已经到了登峰造极的程度，就像中国人用五言或七言来作诗，想要超过李白、杜甫他们一样的不易。我的观念也许陈旧，但我无法改变它。对那些嘈杂的所谓现代音乐，我怎么也喜欢不起来，它们使我烦躁。我理解中的好音乐应该使人宁静，引人走向美妙的境界。这样的境界在你的人生经历中也许曾出现过，音乐便使你重温这些境界；这样的境界也许只是你的幻想，只是你的梦，你在生活中不可能抵达这境界，而音乐使你的美梦成真。

　　童年时代做过很多梦，其中最强烈最执着的一个，便是想有朝一日成为音乐家。然而这种向往始终只是一个梦，可望而不可即。

童年时对音乐的迷恋非常具体，那就是对乐器的迷恋。那些拥有乐器并且能熟练地演奏它们，以此来倾吐丰富的内心情感的人，曾是我心目中幸运而又幸福的人。那时最令我讨厌的事情是跟大人去商店购物，当大人们在货架上兴致勃勃挑选商品，而我只能在一边等着，那真是索然无味到了极点。但有一种商店我却是心驰神往，永远不会讨厌，毫无疑问，那是乐器铺。不管是卖新乐器的商店还是寄售乐器的旧货商店，我都是百观而不厌。欣赏着橱窗里的提琴、手风琴、小号、圆号、长笛、黑管、吉他，仿佛是看到了童话中的神灵，尽管它们一个个默然无语，但我可以一一想象出属于它们的悦耳动听的声音。假如在店堂里遇上几个前来选购乐器的顾客，那简直可以使我心花怒放。选购者调试乐器奏出的乐声，在我听起来真是美妙无比的音乐，哪怕只是用手指在小提琴或吉他的弦上弹拨几下，那声音也会在店堂里发出悠长神奇的回响，使我心迷神醉。

　　第一次接触的乐器是口琴。那是一个亲戚送给我的一把旧口琴，其中还断了几根簧片，它成了我的宝贝。当我摸索着用它吹奏出断断续续的曲调时，兴奋得手舞足蹈。上小学后，父亲为我买了一把新的国光牌口琴。记得我曾在学校的联欢会上表演过口琴独奏，当听到同学们的掌声时，心里不免有几分得意。

　　后来见得口琴太小儿科，一心想学拉小提琴。然而小提琴比口琴昂贵得多，要想得到一把不那么容易，只能站在乐器铺的柜台前"望琴止渴"。读初中的时候，终于有了一把小提琴。我的哥哥用他工作后第一次领到的工资为我买了这把提琴，花了十二元钱，在当时这可不算个小数目。这是一把没有牌子的旧提琴，被岁月熏成棕黑色的琴面上有一条裂缝，弓上的马尾鬃断了四分之一。它的音色却出奇的洪亮，远非那些光可鉴人的新提琴所能相比。收到哥哥的这件礼物时，我的激动和兴奋是难以用言辞表述的，从来没有一件礼物曾给我带来那么多的欢乐。记得当时刚读过波兰作家显克微支的短篇小说《少年扬科》，小说中那个酷爱音乐的孩子因为摸了一摸主人的小提琴，竟被活活地打死。我觉得，假如和那个不幸的波兰孩子相比，我简直是一个幸运的大富翁了。我的周围没有人能教我拉琴，但这并不妨碍我在那四根银弦上倾诉我对音乐的渴望和热爱。后来到崇明岛插队落户时，在我简单的行囊中就有这把老提琴。在那一段孤独、艰苦的岁月中，这把老提琴和许多书籍一样，成了我的忠实亲切的朋友，为苍白的生活增添了些许色彩。

我和音乐的缘分只是到此为止。我只能以一个爱好者的身份在音乐的殿堂门口流连。被束之高阁的口琴和小提琴只能勾起我对童年时代的回忆，回忆起当年想成为音乐家的那个美丽而又缥缈的梦。当我老态龙钟的时候，这些回忆依然会清晰如昨日，把我带回到一生中最富有诗意的时光……

不过，音乐作为人生旅途上的一个朋友，它从来没有抛弃过我。当我需要它的时候，它总是翩然而至，只要打开录音机，只要在音乐厅里坐下来，它就会一如既往地把我笼罩，把我淹没，荡涤我心中的烦躁，把我引进一个又一个新的奇妙无比的境界。

我曾经写过不少和音乐有关的诗文，但我更喜欢俄罗斯诗人阿赫玛托娃写给肖斯塔科维奇的那首题为《音乐》的诗，她把对音乐的感受表达得如此深刻形象而又简洁凝练，使我忍不住抄录下来作为我这篇短文的结尾：

神奇的火在它体内燃烧，

它的目光闪烁出无数变幻，

当别人不敢走近我的时候，

唯独它敢来跟我说话。

最后一个朋友也把目光移开，

那时，它会在墓中为我做伴，

它像第一声春雷放声歌唱，

又像所有的花朵同时在交谈。

❖ 不散的烟

古雷斯基，波兰音乐家，生于一九三三年。在中国，大概没有多少人知道古雷斯基这个名字，也没有多少人听过他的作品。这不奇怪，因为，中国人很少有机会听他的作品。不过，只要听一听他的《第三交响曲》，你就会记住他，而且很难忘记。

这部交响曲由一群大提琴拉开序幕。大提琴们拉出低沉的旋律，由远而近，深沉雄浑，像一条缓缓流动的河，虽然流速极慢，却惊天动地，它的每一声鸣响，都重重地扣动着人心，使你感到震惊，世界上没有一条河是这样流的！这是一条用血和泪水汇成的呜咽的河，一条集聚着人类所有的悲伤和哀愁的河，一条痛苦的河……在这样的河流边上，你无法不停住自己的脚步，倾听着那震撼灵魂的涛声，你会情不自禁地发问："为什么，为什么如此悲伤？为什么如此痛苦？它从哪里流过来？又要流向何方？"我闭上眼睛，幻想着那条悲伤的河，我的眼前，却出现了一团黑灰色的浓烟，它们在阴云密布的天空中翻滚着，挣扎着，展现惨绝人寰的景象……

　　是的，我的想象中浓烟滚滚。在悲伤的旋律中，我看到一个瘦弱的孩子，他站在屋顶上，仰起满头金发的脑袋，默默遥望着远方。远方的地平线上，一缕黑灰色的浓烟袅袅升起，犹如一朵奇异的花，在阴沉的天空中开放、变幻。孩子凝视着天空中的浓烟，眼里噙着晶莹的泪水。那个飘烟的地方，是奥斯威辛，是德国法西斯的集中营。每天，大量的犹太人在那里被残酷地杀害，他们赤身裸体，一群一群地被押进毒气室。那烟，是从焚尸炉的烟囱里飘出来的，这是犹太人的冤魂，在天空中飘绕不散……半个世纪后，这个孩子把这些景象化成了音乐。这孩子，就是古雷斯基。

　　古雷斯基的家乡卡托维茨，离奥斯威辛仅一箭之遥。德国法西斯当年的暴行，在他幼小的心灵中刻下永难磨灭的印记。成为作曲家之后，他终于有机会用音乐把当年的感受向世界做了倾诉。他的《第三交响曲》是对死难者的哀悼，是对法西斯的控诉，也是对那段可怕的历史的沉思。他的哀悼和控诉不是飘忽迷离的。这部交响曲有一个副题："哀歌"。它的第二和第三乐章，都是歌唱，歌词是当年集中营里的囚犯写在狱墙上的诗篇。这是一个母亲写给儿子的诗。儿子失踪了，毫无疑问，他已经丧命于法西斯的屠刀。悲痛欲绝的母亲，用颤抖的手在斑驳的狱墙上刻写着："即使我把昏花的老眼哭瞎，即使我苦涩的泪水流成另一条奥德河，他们也不会把生命还给我的儿子……他躺在墓穴里，而我不知他在何方……"这是人间最哀伤的心声。她一遍又一遍责问："你们这些残忍的坏人，你们为什么杀害我的儿子？"悲愤的呼号撕扯着人心。她祈求"天国中最圣洁的圣母"保佑自己的儿子，祈求"上帝的鲜花处处绽放"，把幸福赐给天底下所有不幸的人。这是一个受难者在地狱里憧憬天堂，在黑暗中向往光明。她慢慢地唱着，透明清澈的歌声在浑厚浊重的音乐中飞翔，就像一只小鸟，在浓烟翻滚的天空中寻寻觅觅。

古雷斯基是一位很新潮的现代作曲家，他的很多作品都写得极为"现代"。然而《第三交响曲》却用了极古典的手法，其中的很多旋律仿佛是上一世纪的声音。然而这样的声音却同样激荡现代人的灵魂，使人回到那个可怕的年代，思考人类的历史和命运。这部交响曲在西方首演时，曾引起轰动。我想，使人激动，也使人思考的音乐，是情感和智慧的汇合，这样的音乐，必定会有强大的生命力。前不久，作曲家陈钢来我家，我正好在听古雷斯基的《第三交响曲》，陈钢和我一起静静地听着，不说一句话。几天后，他打电话告诉我，他也买到了一张《第三交响曲》的激光唱片，回到家里又仔细听了。"非常好，真没想到，一个现代作曲家会写出这样的音乐。"陈钢在电话里这样对我说。

❖ 至善境界

　　万籁俱寂。仿佛世界上只剩下一种声音，然而这声音是如此奇妙，它足以淹没一切空洞的巢穴，足以驱赶一切孤寂。欢乐的泪水在这声音里如涌泉一般流淌，悲伤的叹息如烟云飘绕。这声音，时而像一个激情洋溢的旅人，面对着空山大谷吟诵他无题的诗篇；时而又像一个心灰意冷的艺术家，在夜色中絮絮叨叨诉说他的不幸。也会变成鸟鸣，在晨雾弥漫的林子里迸射出灿烂的歌唱；也会变成流水，潺潺淙淙，沿着曲折蜿蜒的河床无拘无束地奔泻……

　　这是什么声音？是小提琴独奏。许多年前听林昭亮的独奏音乐会，他的琴声使我浮想联翩。那天他演奏的是贝多芬的《D大调小提琴协奏曲》，一首我十分熟悉的曲子。然而他的演奏却使我得到一种焕然一新的印象。为什么同样一首曲子，同样是这些音符，他的演奏却显然不同于梅纽因，也不同于斯特恩？其中的奥秘难以言传。琴弓在四根银弦上轻盈地起落，手指在黑色的弦板上跳动，乌黑的短发和金黄色的琴体交织成色彩和谐的插图。我完全沉浸在古老的旋律之中。他时而微阖双目陷入冥想，时而睁开眼睛遥望远方，或者凝视那四根在他的目光下颤动的银弦，如同看一个亲近的老朋友。而弓的起落和手指的滑动，完全是不假思索，一切都那么自然，那么顺理成章。弓和弦的每一次接触和摩擦，都恰到好处。这是灵魂的触角在叩打艺术之宫的门环，那响声可以使所有聚精会神的心灵为之颤抖。然而没有人能复述那悠长无尽的回响。此刻，演奏家的灵魂和肉体，乃至他每一个细微的表情和动作，都已经和他手中的小提琴融为一体，和小提琴所振荡出的旋律融为一体。这是一种美妙的境界，这境界使乐曲升华，使曾经固定在曲谱上的旋律有了全新的生命和意义。我想，如果贝多芬还活着，一定会感到新鲜。因为，这位中国小提琴家已经把自己对艺术和生命的理解灌注进《D大调小提琴协奏曲》中。

这是一种至善至美的境界。这种令人陶醉的境界如何才能产生，恐怕很难以三言两语解释清楚。如果仅仅凭着娴熟的技巧复述一件作品的外在形态，那么便无境界可言，哪怕复述得再完整再精确，依然只是复述而已。就像画匠临摹名画，临摹得再逼真，也只能是一件价值不大的赝品。我想，形成这种境界，需要用心灵去追求，当艺术家全身心都沉浸在一种渴望创造、渴望表达的状态中，那么，他就可能以自己的感情和想象力，以自己独具一格的手段，将一件人所共知的作品表达出全新的意义。当然，这种境界的创造，必须以熟练而完美的技巧作为基础，没有纯熟的技巧，绝不可能步入展现个性、创造新意的自由王国。在文学创作中，曾有人对一些炉火纯青的大师做这样的评价：从讲究技巧到无技巧。我想，这里所谓的无技巧，其实是在技巧高度纯熟之后的一种升华。

　　艺术家用心血和灵魂创造的至善境界，永远使我神往。

❖ **诗魂**

　　又是萧瑟秋风，又是满地黄叶。这条静悄悄的林荫路，依然使人想起幽谧的梦境……

　　到三角街心花园了。一片空旷，没有你的身影。听人说，你已经回来了，怎么看不见呢？

　　从幼年起，诗魂就在胸中燃烧，我们都体验过那美妙的激动……

　　已经非常遥远了。母亲携着我经过这条林荫路，走进三角街心花园。抬起头，就看见了你。你默默地站在绿荫深处，深邃的眼睛凝视着远方，正在沉思……

　　"这是谁？这个鬈头发的外国人？"

　　"普希金，一个诗人。"

　　"外国人为什么站在这里呢？"

　　"哦……"母亲笑了。她看着你沉思的脸，轻轻地对我说："等你长大了，等你读了他的诗，你就会认识他的。"

我不久就认识了你。谢谢你，谢谢你的那些美丽而又真诚的诗，它们不仅使我认识你，尊敬你，而且使我深深地爱上了你，使我经常悄悄地来到你的身边……

　　你的身边永远是那么宁静。坐在光滑的石头台阶上，翻开你的诗集，耳畔就仿佛响起了你的声音。你在吟你的诗篇，声音像山谷里流淌的清泉，清亮而又幽远，又像飘忽在夜空中的小提琴，优雅的旋律里不时闪出金属的音响……

　　你还记得那一位白发老人吗？他常常挂着拐杖，缓缓地踱过林荫路，走到你的跟前，一站就是半个小时。你还记得吗？看着他那瘦削的身材，清癯的面容，看着那一头雪白似的白发，我总是在心里暗暗猜度：莫非，这也是一位诗人？为了证实自己的想法，我用少年人的真率，做了一次试探。

　　那天正读着你的《三股泉水》。你的"卡斯达里的泉水"使我困惑，这是什么样的泉水呢？正好那老人走到了我身边。

　　"老爷爷，你能告诉我，什么是'卡斯达里的泉水'吗？"

　　老人看看我，又看看我手中的诗集，然后微笑着抬起头，指了指站在绿荫里的你，说："你应该问普希金，他才能回答你。"

　　我有点沮丧。老人却在我身边坐下来了。那根深褐色的山藤拐杖，轻轻在地面上点着。他的话，竟像诗一样，和着拐杖敲出的节奏，在我耳边响起来："卡斯达里的泉水不在书本里，而在生活里。假如你热爱生活，假如你真有一颗诗人的心，将来，它也许会涌到你心里的。"

"你也是诗人吧？"

"不，我只是喜欢诗，喜欢普希金。"

像往常一样，随着悠然远去的拐杖叩地声，他瘦削的身影消失在浓浓的林荫之中……

以前的那种陌生感，从此荡然无存了，老人和我成了忘年之交。尽管不说话，见面点头一笑，所有一切似乎都包含其中了。是的，诗能沟通心灵。我想，世界上一定还有许许多多陌路相逢的人，因为你的诗，成了好朋友。

而你，只是静静地在绿荫里伫立着，仿佛思索、观察着这世间的一切……

在天空中，欢快的早霞遇到了凄凉的月亮……

梦里也仿佛听到一声巨响，是什么东西倒坍了？有人告诉我，你已经离开三角街心花园，再也不会回来了……

我奔跑着穿过黄叶飘零的林荫路，冲进了街心花园。

我永远也忘不了那触目惊心的一幕：你真的消失了！花园里空空如也，只有一座破裂的岩石底座，在枯叶和碎石的包围中，孤岛似的兀立着……

哦，我恍惚走进了一个刑场——这里，刚刚发生过一场可耻的谋杀。诗人呵，你是怎样倒下的呢？

我仿佛见到，几根无情的麻绳，套住了你的颈脖，裹住了你的胸膛，在一阵闹哄哄的喊叫中，拉着，拉着……

我仿佛看到，无数粗暴的钢镐铁锹，在你脚下叮叮当当地挥动着，狂舞着……

你倒下了，依然默默无声地沉思着……

你被拖走了，依然微昂着头遥望远方……

我呆呆地站在秋意萧瑟的街心花园里，像一尊僵硬的塑像。蓦地，我的心颤抖了——远处，依稀响起了那熟悉的拐棍叩地声，只是节奏变得更缓慢，更沉重，那一头白发，像一片孤零零的雪花，在秋风中缓缓飘近，飘近……

是他，是那个老人。我们面对面，默默地站定了，盯着那个空荡荡的破裂的底座，谁也不说话。他好像苍老了许多，额头和眼角的皱纹更深更密了。说什么呢？除了震惊，除了悲哀，只有火辣辣的羞耻。说什么呢……

他仿佛不认识我了，陌生人般地凝视着我，目光由漠然而激奋、而愤怒，湿润的眼睛里跳跃着晶莹的火。好像这一切都是我干的，都是我的罪过。哦，是的，是一群年龄和我相仿的年轻人，呼啸着冲到你的身边……

咚！咚！那根山藤老拐杖，重重地在地上叩击了两下，像两声闷雷，震撼着我的心。满地枯叶被秋风卷起来，沙沙一片，仿佛这雷声的袅袅余响……

没有留下一句话，他转身走了。那瘦削的身影佝偻着，在落叶秋风中踽踽而去……

只有我，只有那个破裂的底座，只有满园秋风，遍地黄叶……

你呢，你在何方？

然而，等有一天，如果你忧悒而孤独，请念着我的姓名……

我再也不走那条林荫路，再也不去那个街心花园，我怕再到那里去。你知道吗？我曾经沮丧，曾经心灰意懒，以为一切都已黯淡，一切都已失去，一切儿时的憧憬都是错误的梦幻。没有什么"卡斯达里的泉水"，即使有，也不属于我们这块土地上的这辈人，不属于我……

可是，有一天，我终于忍不住又翻开了你的诗集。哦，你却依然故我，没有任何变化，还是流泉一般清亮而又幽远，还是那么真诚。你那带着金属声的诗篇，优美而又铿锵地在我耳畔响起来：

不，我不会完全死去——在庄严的琴弦上

我的灵魂将越出腐朽的骨灰永生……

不必怕凌辱，也不要希求桂冠的报偿，

无论赞美或诽谤，都可以同样漠视，

和愚蠢的人们又何必较量。

倘若再见到那位白发老人，我会大声地向他宣读你这些诗篇的！然而我很难有机会再见到他了，命运之弓把我弹得很远很远。当我离开这座城市的时候，我没能到这条林荫路来，没能到这个街心花园来，像一片离开枝头的落叶，我被狂风卷走了……

当绿色的原野画卷一般在我眼前展开，当坎坷的田埂蛛网一般在我脚下蜿蜒，当飘忽的油灯用可怜的微光照耀着我的茅屋，当寂寥的晨星如期闪烁在我的小窗……

你，便似乎在我的身边出现了。然而已经不是在街心花园里站着沉默的那个你，而是一个活生生的你，一个又潇洒又热情的你，一个又奔放又深沉的你。田野的风清新地吹着，你肩上那件斗篷在风中飘扬，像一叶远帆……

一天流汗之后，散了架似的身体躺在床上，你在油灯的微光下轻轻地为我吟哦：

春夜，在园林的寂静和幽暗里，一只东方的夜莺歌唱在玫瑰丛中……

你为我铺展开一个灿烂的世界，使我在艰苦的跋涉中始终感受到生活的暖风。当我消沉悲观的时候，你总是优美地用你那金属之声，一遍又一遍向我呼吁着：心儿永远憧憬着未来！相信吧，快乐的日子就会来临……

有时，你笑着召唤我：年轻的朋友，让我们坐着轻快的雪橇，滑过清晨的雪……我把一切烦恼和忧郁都抛在脑后，兴致勃勃地在田野里奔跑着，在山林里徜徉着，在人群中寻觅着……

我真的写起诗来了。我在诗中倾吐我的欢乐、我的苦恼。我追求着……诗，使我的精神和情感变得丰富而又充实。在缤纷的梦境里，我常常踏上久别的林荫路，新生的绿荫轻轻地摇曳着，把我迎进那个三角街心花园。你仿佛从来不曾走开过，依然静静地在那里伫立，沉思着遥望远方，似在等待，似在盼望……

土地复苏了，时令已经不同。

你看那微风，轻轻舞弄着树梢……

现在，我回来了。怀揣着我的第一本诗集，我忐忑不安地看你来了。然而你没有回来，三角街心花园里，依旧人迹杳然。在你曾经站过的地方，我久久地站着，纷纷扬扬的落叶，轻轻地抚摸着我的肩膀……

一位年轻的母亲，携着她的七八岁的女儿，从林荫路走进了街心花园，仿佛来寻找什么。前不久，有消息说你将重返这里，人们大概都知道了吧。母女俩说话了，声音很轻，却异常好听：

"妈妈，就是这里吗？就是爷爷以前常来的地方吗？"

"是的。这里以前有一座铜像。"

"什么铜像？"

"普希金。"

"普希金是谁呢？"

"一个诗人。以后你会认识他的。"

…………

听着，听着，我的眼睛湿润了。呵，孩子的爷爷——会不会是我从前在这里遇到的这位老人呢？也许是，也许不是。他曾经向他的后辈谈着你，不管这世间对你如何冷落。在这一对母女的对话里，我，想起了童年，想起了儿时在这里见到的一切。童年呵……

第三章

热爱生命

我们每一个人都寻求着自己的幸福，
其实幸福并不是这样难得的，
如果我们经常怀着无私、良好的意愿，
那幸福就近在咫尺之间。

❖ 鹰之死

　　天是深蓝色的。坐飞机飞越太平洋时俯瞰地面，大海就是这种深蓝色，这无边无际的蓝色深沉得令人心头发颤，眼前发眩，想不出用什么词汇来形容它，描绘它。只是由此联想到世界的浩瀚，想到宇宙的无穷，想到无穷之中包藏着不可思议的内涵。也由此联想到人和生命的渺小，在这广袤辽远的天地之间，生命不过是一粒微尘……

　　微尘，芝麻大的一个黑点，出现在深蓝色的天空中，乍看似乎凝滞不动，仿佛钉在天幕上的一枚小钉。仔细观察，才发现黑点在动，像是滑行在茫茫大洋中的一叶小舟。

　　"鹰。"

　　墨西哥向导久久凝视着天上的黑点，轻轻地告诉我。那对栗色的眼睛里，闪动着虔敬神往的光芒。

　　"鹰。"

　　墨西哥向导追踪着天上的黑点，嘴里又一次发出低声的呼唤。

这是在墨西哥南方的尤卡坦平原上，我们的汽车在墨绿色的丛林中穿行，高飞在天的孤鹰把我的目光拽离地面，拉向天空。鹰，是墨西哥的国鸟，在那面绿白相间的墨西哥国旗中央，就有雄鹰展翅的图案，这是墨西哥人心目中的神鸟、吉祥鸟，它是勇敢和自由的象征。

鹰的形象逐渐清晰起来，宽大的翅膀张开着，也不见振动，只是稳稳地滑翔，忽而俯冲，忽而上升，矫健的身影沉着而又潇洒地描绘在深蓝色的天空中，那深邃无垠的苍穹便是它自由自在的王国。它是遥远的，也是孤傲的，人无法接近它。

这时，我们的汽车驶进了一片墓地。浓密的树荫遮蔽了天空，鹰消失了。迎面而来的是玛雅人的坟墓。坟墓形形色色，色彩缤纷得叫人眼花缭乱。形状各异的墓碑和棺椁上绘满了鲜艳的花纹和图案，有些坟墓索性被堆砌成宫殿和摩天大楼的模型。连大楼上的窗户、壁饰和霓虹广告也被精心描了出来。远远看去，这墓地就像是一座缩小了的现代都市。在人迹稀少的丛林中突然出现这样一座缤纷却又寂然无声的微型都市，感觉是奇妙的，一种神秘的气氛顿时笼罩了我的思绪。玛雅人，这个古老奇特的民族，竟用了这么多的颜色来装点死者的坟墓，我不知道这是一种古老传统的延续，还是现代玛雅人的创造。死者是没有知觉的，一切坟墓以及它们的色彩和装饰都是出于未亡人的需要，为了向人们显示死者家族的高贵和富裕，为了让人们记住死者生前的功德和地位等。反正，安卧在坟墓中静静腐烂的死者是什么也不会知道的，不管你是显赫的要人，还是卑微的贫民，一抔黄土掩面，余下的事情便是被泥土同化，人人难逃此劫。我想，假如死者有知觉的话，压在他身上的碑石还是轻一些，简朴一些为好……

正胡思乱想着，汽车又来到了宽阔的公路上，天空依然是那么深邃、那么蓝，几缕纹状白云在天边飘浮，如同远远而来的几线潮峰。鹰还在天上盘旋，它不慌不忙地飞，悠然沉稳地飞，看不出它飞行的轨迹。这高飞的孤鹰，似乎正在执着地寻找着什么，追求着什么。它的归宿在哪里呢？

鹰的归宿当然也是死！

鹰是如何死去的呢？

鹰也有坟墓吗？

也许是刚从墓地出来的缘故，闪现在我脑海中的问题，居然都是死和坟墓。鹰啊，你高高地飞在天上，你是不会回答我的。

记起在四川坐船经过雄奇的瞿塘峡的时候，一位在山中长大的诗人曾指着峻峭的绝壁告诉我："最悲壮的是鹰的死。当一只老鹰知道自己死期将近时，便悄悄飞到绝壁上，在一个永远也不会被人发现的岩洞中躲起来，默默地死去。人们无法找到鹰的尸骨。这渴望自由的生命，即便死了，也不愿意被牢笼囚禁。假如灵魂不灭的话，坟墓也真可以算是另一种牢笼呢！"

也记起在新疆的大戈壁滩上旅行的时候，一位塔吉克猎人为我吹奏的鹰笛。这是用鹰翅骨制成的短笛，那高亢、尖厉、急促的笛音仿佛来自天外云中，来自极其遥远的另外一个世界。无论是欢快激越的曲子还是徐缓抒情的曲子，笛音中总是流溢出深深的凄怨，流溢出言语难以解释的哀伤。塔吉克猎人说："鹰是神鸟，它是属于天空的。鹰死在什么地方，人的眼睛永远看不见。"我问："那么，你手中的鹰笛是怎么来的？"猎人一笑，答道："用枪打的。这可不是猎杀鹰啊！取鹰骨制笛是为了把鹰的精神和形象留在人间。猎鹰是一件极严肃的事情，只有那些衰老的或者病危的鹰才能被打下来取鹰骨，而且必须经过有权威的老猎人鉴定。随意猎杀鹰，天理不容！"至于鹰的自然死亡是如何景状，猎人一无所知，只能在高亢凄厉的鹰笛声中由自己想象了。鹰笛的旋律飘忽不定，鹰的形象就在这飘忽不定的旋律中时隐时现，这是一只生命垂危的老鹰，正展开羽毛不全的黑色翅膀，顽强地做着最后的翱翔。它苦苦地寻找着自己的归宿，然而归宿隐匿在冥冥之中……

在墨西哥深蓝色的天空下，这些关于鹰的见闻和回忆在我的脑海里回旋翻腾着，它们无法编织成一幅清晰完整的图画。

这些流传在中国的关于鹰的传说，和墨西哥有什么关系呢？从车窗仰望天空，那只孤独的鹰仍在悠然翔舞，仍在寻求着谁也无法探知的目标。鹰没有国界，它们大概是性情相通的吧，我想。关于鹰的死，在墨西哥不知是否有什么传说。那位墨西哥向导始终在注视着天上的鹰，陷入沉思之中。

"你们这里有没有鹰的墓地？"问题出口后，我有些懊悔了，这会不会冒犯主人呢？

墨西哥向导转过头来，栗色的眼睛里闪烁着惊讶。他盯住我看了一会儿，目光由惊讶转而平静。还好，没有恼怒的意思。

"鹰怎么有墓地呢？"墨西哥向导指了指天空，用一种神秘而又骄傲的口吻说，"它们的归宿在天上。假如生命结束，它们将在高高的空中化成尘埃，化成空气，连一根羽毛也不会留在地面！"

这下轮到我惊讶了。这和我在国内听到的传说简直是惊人地类似。没有国界的鹰啊！

也许，人是习惯于为自己构筑樊篱和牢笼的，对活人是如此，对死者也一样。人类的历史，便是在拆除旧樊篱旧牢笼的同时，不断构筑新樊篱新牢笼，这大概是人类作为高等生物区别于其他生物的原因之一吧。鹰呢，鹰就不一样了。我又想起了在长江三峡中听到的那位诗人对鹰的评论："这渴望自由的生命，即便死了，也不愿意被牢笼囚禁！"

抬头看车窗外的天空，那只孤鹰已经不知去向。只有渺无际涯的深深的蓝天，在我的头顶沉默着，不动声色地叙述着世界的浩瀚和宇宙的无穷……

❖ **与象共舞**

　　在泰国，如果你在公路边的草丛或者树林里遇到一头大象，那是一件很自然的事情。不必惊奇，也不必惊慌，大象对蚂蚁一般的人群已经熟视无睹，它会对着你摇一摇它那对蒲扇般的大耳朵，不慌不忙地继续走它自己的路。那种悠闲沉着的样子，使你联想到人类的焦虑和忙乱。

　　象是泰国的国宝。这个国家最初的发展和兴盛，和象有着密切的关系。大象曾经驮着武士冲锋陷阵，攻城夺垒，曾经以一当十、以一抵百地为泰国人服役做工。被驯服的象群走出丛林的那一天，也许就是当地文明的起源之时。泰国人对象存有亲切的感情，这一点也不奇怪。

　　在国内看大象，都是在动物园里远观，人和象隔着很远的距离。在泰国，人和象之间失去了距离。很多次，我和象站在一起，象的耳朵拍到了我的肩膀，象的鼻息喷到了我的身上。起初我有些紧张，但看到周围那些平静坦然的泰国人，神经也就松弛了。在很近的距离看大象的脸，我发现，象的表情非常平静。那双眼睛相对它的大脑袋，显得极小，但目光却晶莹而温和。和这样的目光相对，你紧张的心情很自然地会松弛下来。

据说象是一种通人性的动物。在泰国，大象用它们的行动证实了这种说法。在城市里看到的大象，多半是一些会表演节目的动物演员。在人的训练下，它们会踢球，会倒立，会骑车，会用可笑的姿态行礼谢幕。最有意思的是大象为人做按摩。成排的人躺在地上，大象慢慢地从人丛里走过去，它们小心翼翼地在人与人之间寻找着落脚点，每经过一个人，都会伸出粗壮的脚，在他们的身上轻轻地抚弄一番，有时也会用鼻子给人按摩。一次，我看到一头象用鼻子把一位女士的皮鞋脱下来，然后卷着皮鞋悠然而去，把那躺在地上的女士急得哇哇乱叫。脱皮鞋的大象一点也不理会女士的喊叫，用鼻子挥舞着皮鞋，绕着围观的人群转了一圈，才不慌不忙地回到那女士身边，把皮鞋还给了她。那女士又惊又尴尬，只见大象面对着她，行了一个屈膝礼，好像是在道歉。那庞大的身躯，屈膝点头时竟然优雅得像一个彬彬有礼的绅士。

最使我难以忘怀的，是看大象跳舞。那是在芭堤雅的东巴乐园，一群大象为人们做表演。表演的尾声，也是最高潮。在欢乐的音乐声中，象群翩翩起舞，观众都拥到了宽阔的场地上，人群和象群混杂在一起舞之蹈之，热烈的气氛感染了在场的每一个人。舞蹈的大象，看起来没有一点笨重的感觉，它们随着音乐的节奏摇头晃脑，踮脚抬腿，前后左右颠动着身子，长长的鼻子在空中挥舞。毫无疑问，它们和人一起陶醉在音乐中。这时，它们的表情仿佛也是快乐的。我想，如果大象会笑，此刻的表情便是它们的笑颜。

　　看着这群和人类一起舞蹈的大象，我突然想起了多年前听说过的一个关于象的故事。这故事发生在俄罗斯的一个动物园。一天，一头聪明的大象突然对饲养员开口说话，饲养员不敢相信自己的耳朵，然而大象竟清晰地用低沉的声音喊出了他的名字……当时看到这报道时，我认为这是无稽之谈。此刻，面对着这些面带微笑，和人群一起忘情舞蹈的大象，我突然相信，那故事也许是真的。

　　离开泰国前，到一家皮革商店购买纪念品，售货员拿出一只橘黄色的皮包，很热情地介绍说："这是象皮包，别的地方买不到的！"我摸了摸经过鞣制而变得柔软光滑的大象皮，手指竟像触电一般。在这瞬间，我眼前出现的是大象温和晶莹的目光，还有它们在欢乐的音乐中摇头晃脑跳舞的模样……

　　人啊人，如果我是大象，对你们，我还有什么话可说！

❖ 致大雁

在澄澈如洗的晴空里，你们骄傲地飞翔……在乌云密布的天幕上，你们无畏地向前……在风雨交加的征途中，你们欢乐地歌唱……秋天——向南，春天——向北……

仰起头，凝视你神奇的雁阵，我总会有一阵微微的激动，有许多奇妙的联想，有一些难以解答的疑问……

大雁啊，南来北往的大雁，你们愿意在我的窗前小作停留，和我谈谈吗？

有人说你们怯懦——是为了逃避严寒，你们才赶在第一片雪花飘落之前，迎着深秋的风，匆匆地离开北国，飞向南方……

是为了躲开酷暑，你们才赶在夏日的炎阳烤焦大地之前，浴着暮春的雨，急急地离开南方，飞向北国……

是怯懦吗？

为了这一份"怯懦"，你们将飞入漫长而又曲折的征途，等待你们的，是峻峭的高山，是茫茫的森林，是湍急的江河，是暴风骤雨，是惊雷闪电，是无数难以预料的艰难和险阻……然而你们启程了，没有半点迟疑，没有一丝畏缩，昂起头颅，展开翅膀，高高地飞上天空，满怀信心地遥望着前方……

是什么力量，驱使你们顽强地做着这样的长途飞行？是什么原因，使你们年年南来北往，从不误期？

是曾经有过的山盟海誓的约会吗？

是为了寻找稀世的珍宝吗？

告诉我，大雁，告诉我……

如果可能，我真想变成一片宁静的湖泊，铺展在你们的征途中。夜晚，请你们停留在我的怀抱里，我要听听你们的喁喁私语，听你们倾吐遥远的思念和向往，诉说征程中的艰辛和欢乐……

如果可能，我也想变成一片摇曳着绿荫的芦苇荡，欢迎你们飞来宿营。也许，当我温柔的绿叶梳理过你们风尘仆仆的羽毛，掸落你们翅膀上的雨珠灰土之后，你们会向我一吐衷肠，告诉我许多不为世人所知的隐秘和奇遇……

当然，我更想变成你们中间的一员，变成一只大雁。我要紧跟着你们勇敢的头雁，看它是如何率领着雁阵远走高飞的。我要看看在扑面而来的狂风之中，你们是如何尖厉地呼号着，用小小的翅膀，搏击强大的风魔……

在倾盆而下的急雨之后，你们是如何微笑着抖落满身水珠，重新蹿入云空……在突然出现的秃鹫袭来之时，你们是如何严阵以待，殊死相搏……

我要看看，在你们的战友牺牲之后，你们是如何痛苦地徘徊盘旋，如何伤心地呜咽悲泣……也许，你们会允许我和你们一起，围着那至死仍做展翅高飞状的死者，洒下一行崇敬的眼泪……

猛烈凶暴的飓风和雷电，曾经使你们的伙伴全军覆没。在进行了悲壮的搏斗后，天空里一时消失了你们的队列，消失了你们的歌声；广阔无垠的原野上，撒满了你们的羽毛；奔腾起伏的江河里，漂浮着你们的躯体……

我知道你们曾悲哀，你们曾流泪，然而你们会后悔吗？你们会因此而取消来年的旅程，因此而中断你们的追求吗？

不会的！不会的！

当春风再度吹绿江南柳丝的时候，你们威严的阵容，便又会出现在辽阔的天幕上，向北，向北……

当秋风再度熏红塞外柿林的时候，你们欢乐的歌声，便又会飘漾在湛蓝的晴空里，向南，向南……

你们怎么会后悔呢！你们的追求，千年万载地延续着，从未有过中断！

我想象着你们刚刚啄破蛋壳的雏雁，当你们大张着小嘴嗷嗷待哺的时候，也许就开始聆听父母叙述那遥远的思念，解释那永无休止的迁徙的意义了。而当你们第一次展开腾飞的翅膀，父母们便要带着你们去长途跋涉……

　　我想象着你们耗尽了精力的老雁，当秋风最后一次抚摸你们衰弱的翅膀，当大地最后一次向你们展示亲切的面容，当后辈们诀别你们列队重上征程，你们大概会平静地贴紧了泥土，安心地闭上眼睛的——你们是在追求中走完了生命之路啊！

　　大雁，渺小而又不凡的候鸟家族啊，请接受我的敬意！

　　雁阵又出现在湛蓝的晴空里。

　　我站在地上，离你们那么遥远，然而我觉得离你们很近。我的思绪，常常会跟着你们远走高飞……真的，我真想像你们一样，为了心中的信念，毕生飞翔，毕生拼搏。

❖ 青鸟

这是一只传说中的鸟。

它没有脚，只能不停地飞，唯一的一次着陆，就是死。

它叫青鸟。

青色的鸟仿佛为飞而生，蓝色天空是它生命的颜色，它从来没有考虑过自己从哪里来，要到哪里去。第一次能挥舞翅膀飞行，就注定了这一生。挺起胸脯感受着空气的清新扑面，看着远处逐渐变小的出生之地。兴奋，激动，渴望，青春的激昂，让它再一次地拍打翅膀向前滑行。飞行在日起日落之间。一个温暖柔和的日子，阳光懒懒地洒在羽毛上，突然闪过一个念头：有一天我会挥不动翅膀的，那一刻将是死亡。那一天在哪？不知道！第一次隐隐感觉到生命中还有一种叫忧虑的东西。猛然间下面出现一片葱郁的森林，想起了记忆中的树枝、杂草，想起了家的温馨。于是拼命飞了过去。几经盘旋而下却找不到落脚之地，异乡竟容不下一席栖息。一个声音响起：

"因为你没有脚，你选择停歇，你就选择了死亡，你的一生就要不停地飞……"

青鸟绝望地鸣叫，森林里所有生灵都侧目，怜爱，同情，无动于衷，幸灾乐祸，于是青鸟恨起了自己的命运。

"我没有脚，为什么世上这样的鸟就我一只？不给我脚，为什么不给我一个方向，为什么又不给我一个家？"

青鸟撕心裂肺的鸣叫在天空划过。眼泪掉在地上，融进河流、草丛，转瞬即逝。恨过怨过，慢慢青鸟在滑翔中疲惫地睡去，清晨刺眼的阳光把它从沉睡中唤醒，生活还要继续。随风飘来一个声音："你的方向是太阳。"

青鸟抬头看了看太阳，温暖而灿烂。于是相信了那个声音，有了活着的理由。划过天空，俯瞰大地，看到那些在地上费尽心力爬行的生命，满足在认为是整个世界的小小方圆，看过那些飞一会"不得不停下来的飞鸟。青鸟开始庆幸自己没有脚，这样才会飞得专心，才会飞得更远，看到其他生命看不到的风景。于是快乐地忘记那些在暴风雨中被冲刷、击打的日子；忘记那些在严寒冰山靠不断振翅才能继续飞行的日子；忘记了那些冰冷的目光。越过高山，飞过大海，青鸟幸福地掉着汗水。

不记得飞了多少日起日落，怀念以前出生的那片森林。这时才发现羽毛不再光泽，翅膀不再有力。不知何时变老了。天气变冷，而且还下起了雪。天空还是那么蓝，却变得遥远。视线变得不再清晰，羽毛在凋落。蓦地一声摔在了雪地上，惊起了一群觅食的飞鸟。

大地的冰冷潮湿却是好熟悉的感觉，仿佛记忆中的家。感觉自己身上的热气在向空气中扩散，蓝色的天空也在自己的瞳孔中变得越来越小，慢慢地模糊。青鸟的身体变得僵硬，头向前努力地伸着，仿佛变成一个特殊的符号来向天发出最后的提问。

远古时候，砍柴人的儿女——吉琪和美琪，在圣诞节前做了一个梦：来了一位名叫蓓丽吕的仙女，委托他俩去寻找一只青鸟，给她的小女儿，因为她病得很厉害，只有这只神鸟才能使她痊愈。仙女还说："我那小女儿要等病好了，才会幸福。"于是他们在猫、狗和各种东西（糖、面包、水火）的精灵陪伴下进入另一个世界，在光神的指引下去寻找这只青鸟。

他们在回忆之乡、夜之宫、幸福之宫、坟地和未来王国里，在光神的庙宇里，历尽了千辛万苦，但青鸟总是得而复失，最终还是未能找到。他们只好回家，早晨醒来，邻居柏林考脱太太为她的病孩来索讨圣诞礼物，吉琪只好把自己心爱的鸽子送给她。不料，这时鸽子变青了，成为一只"青鸟"。仙居的女孩病也好了。

《青鸟》原是比利时作家、象征主义戏剧创始人莫里斯·梅特林克写的一部同名童话剧本。后来他的妻子乔治特·莱勃伦克为少年儿童阅读之便又加工改写成这部散文童话。

　　这部童话的主题正如书中所说："我们给人以幸福，自己才更接近幸福。"光神指给主人公的是一条"通过善良、仁爱、慷慨而到达幸福的道路"。作者说："我们每一个人都寻求着自己的幸福，其实幸福并不是这样难得的，如果我们经常怀着无私、良好的意愿，那幸福就近在咫尺。"

❖ 夜海奇观

　　菲利浦岛像一柄弯曲的尖刀，插向大海的深处。公路就在岛的脊梁上蜿蜒，坐在车上看两边的海浪汹涌而来，仿佛自己正在逐渐沉入海中。落日的最后一缕光芒在海面上消失了，西天的彩霞即刻融化在海水中，天空变得和海水一样深蓝如墨。车灯亮了，在耀眼的灯光中，可以看见路边的灌木丛中有野生的袋鼠跳跃出没，还有灰色的野兔，站在路边，全然不理会轰鸣的大客车逼近过来。这些自由的动物，是山林的主人。到菲利浦岛的尽头，夜幕已经降临。下车走到海滩边时，已是满天星光。这里是维多利亚州一个著名的旅游点，来自不同方向的旅游者在这片海滩上聚会，为的是同一个目的：看企鹅登陆。每天晚上，会有大批企鹅从这里上岸，一年四季，天天如此，成为澳大利亚的一个奇观。

　　坐在用水泥砌成的梯形看台上，看着夜幕下雪浪翻涌的大海，海和天交融在墨一般漆黑的远方，神秘难言。坐着等待时，听周围人的说话也是一件很有意思的事情。到这里来的人中，有说英语的，有说法语的，也有不少说中文的，其中有普通话、广东话，还听到两个老人在说上海话。他们中有的来自新加坡和马来西亚，当然，也有来自中国的。记得十六年前我访问墨西哥，在玛雅古迹游览时，没有人相信我来自中国。时过境迁，十六年后，坐在南太平洋的海岸上，竟会遇到这么多中国人。这大概也是中国开放和发展带来巨变的一种佐证吧。

　　人群安静下来。在雪涛翻卷的海面上，出现了一个个闪动的亮点，企鹅终于出现了。企鹅们从大海深处游过来，在海面上露出小小的脑袋，踏着层层叠起的海浪冲上沙滩。它们在沙滩上停留了一会儿，大声地鸣叫着，聚集起失散的伙伴，然后排列成整齐的队伍，一摇一摆地向海滩边的灌木丛走去。这样的景象，实在不可思议。这些企鹅，犹如夜海的精灵，每天夜幕降临后，它们就会游到这里登陆。它们从哪里来？又要到哪里去？它们为什么会每天这样从海里游到陆地上？是什么力量驱使它们这样不知辛劳地来回奔波？对大多数游人来说，这些都是谜。我无法数清一共有多少只企鹅，它们先后出现在数百米宽的海面上，一群接着一群。等候在沙滩上的人们，默默地注视着这些神奇的来客，看它们扑上海滩，走向灌木丛。我想，这大概也是生命和自然之间的一种默契，一种和谐吧。

从海滩往回走时，只听见路边的灌木林中飒飒响动，我就着灯光一看，竟发现了几只企鹅。它们旁若无人地走着，成为踏上归程的游客们的同路者。在灌木林中，有人们为企鹅搭建的巢穴，它们将在这里过夜，等天亮时，重新回到海洋。这些企鹅，千百年来按自己的习性往返于海洋和陆地，这是它们的生活。现在，它们似乎已经成为演员。谁知道它们的这种生活还能延续多久呢？

❖ 袋鼠和考拉

　　在人类还没有到达这片土地时，袋鼠就已经是这里的主人。在澳大利亚的山林和原野中，到处是它们活泼矫健的身影。袋鼠的英文名字是"kangaroo"，这名字的来历很有趣。英国人最初登陆澳大利亚时，发现这些在欧亚大陆上从未见过的动物，非常惊奇，便问当地的土著，这是什么动物。土著听不懂英语，便回答不知道。"kangaroo"，就是土著人说"不知道"的英文谐音。在澳大利亚旅行，坐车穿越山林时，常常能见到袋鼠在灌木林中出没。野生的袋鼠绝不会和人亲近，还没等人走近，它们就消失在丛林里，像一道棕色的闪电，倏忽即逝。

　　一次，参观维多利亚州的一个牧场，牧场里有被驯养得非常温顺的袋鼠，可以任人抚摸拍照合影。这使我有机会仔细观察这些奇特的动物。袋鼠后腿发达，后蹄三趾，尾巴粗而长，前腿已部分退化，和后腿相比，显得细小无力，前掌却有五趾。袋鼠在原野奔跑时，主要靠后腿和尾巴弹地跳跃，所以姿态和其他动物不同，袋鼠奔跑的速度超过跑得最快的运动员。在牧场里看到它们用四足行走，那是很奇怪的一种姿态，仿佛乞丐匍匐在地向人乞讨。袋鼠站起来有一人高，它们攻击对手时，总是处于站立的状态，四肢和尾巴都可以用来攻击。以前曾在电视节目中看到袋鼠之间的搏击，很像两个拳击运动员在台上竞技。听澳大利亚的朋友说，他们夜间行车穿越丘陵和原野时，常常会遇到成群结队的袋鼠，正在公路上行走的袋鼠看到灯光，会突然直立起身子，呆站在那里一动不动，所以常常被飞驰的汽车撞死。牧场里的袋鼠早已失去了奔驰山林的野性，它们用温和的目光迎接着来客，不慌不忙吃着人们丢下的食物。看着这些被驯化的袋鼠，我不由生出几分怜悯来。

在牧场上还看到两只高大的鸟，在羊群边悠闲地踱步，它们形如非洲鸵鸟，两翼的羽毛夸张地翘起，却不会飞行。这便是澳大利亚特有的鸸鹋，澳大利亚的国鸟。在澳大利亚的国徽上，有两种动物，一种是袋鼠，另一种就是鸸鹋。在这个牧场里，澳大利亚国徽上的这两种动物我都看到了。

和动作敏捷的袋鼠相比，人们也许更喜欢憨头憨脑的考拉。考拉，也就是树袋熊。我曾经去过一个著名的树袋熊保护区，一片巨大的桉树林，那里的空气弥漫着桉叶的清香，考拉们就栖息其中。步入树林深处，只见考拉们各自占据着一棵桉树，稳稳地坐在树枝上，不慌不忙地嚼着桉树叶。毛茸茸的考拉样子确实很可爱，我站在树下观察它，它坐在树上也用两只小小的黑眼睛看着我，目光中流露出来的是天真和淡然。对于突然闯入的不速之客，它似乎并不在意，任你怎么逗引它，它只是悠闲地嚼着树叶，仿佛天塌下来也与它们无干。考拉看上去动作迟缓，奇怪的是它们以各种姿态坐在树枝上，却能很好地保持着身体的平衡，怎么也不会摔下来。一位澳大利亚朋友告诉我，考拉为什么老是半睡半醒、痴痴呆呆的样子，这和它们的食物有关。考拉唯一的食物是桉树叶，桉树叶中含有麻醉剂，所以整天嚼食桉树叶的考拉们便时时处于昏昏欲睡的状态。好在上苍让它们掌握了保持平衡的能力，所以它们能稳坐在树枝上，就是睡着了也不会摔下来。有人开玩笑说，澳大利亚人为什么大多性情温和而不逾矩，这也和空气中的桉叶气息有关。桉树是澳大利亚最主要的树种，世界上的桉树几乎都集中在澳大利亚。在澳大利亚旅行，只要是山林和旷野，目之所至，必定能见到桉树，白色的树干，茂密的绿叶，在天地间摇曳着它们多姿的形态。对靠桉树叶维持生命的考拉们来说，这里确实是它们的天堂。

❖ 绣眼和芙蓉

我曾经养过两只鸟，一只绣眼，一只芙蓉。

绣眼体形很小，通体翠绿的羽毛，嫩黄的胸脯，红色的小嘴，黑色的眼睛被一圈白色包围着，像戴着一副秀气的眼镜，绣眼之名便由此而得。它的动作极其灵敏，虽在小小的笼子里，上下飞跃时却快如闪电。它鸣叫的声音并不大，却奇特，就像从树林中远远传来群鸟的齐鸣，回旋起伏，变化多端，妙不可言。绣眼是中国江南的鸣鸟，据说无法人工哺育，一般都是从野地捕来笼养。它们无奈地进入人类的鸟笼，是真正的囚徒。它动听的鸣叫，也许是对自由的呼唤吧。

那只芙蓉是橘黄色的，毛色很鲜艳，头顶隆起一簇红色的绒毛，黑眼睛、黄嘴、黄爪，模样很清秀。据说它的故乡是德国，养在中国人的竹笼中，它们已经习惯。芙蓉的鸣叫婉转多变，如银铃在风中颤动，也如美声女高音，清澈婉转。晴朗的早晨，它的鸣唱就像一丝丝一缕缕阳光在空气中飘动。芙蓉比绣眼温顺得多，有时笼子放在家里，忘记了关笼门，它会跳出来，在屋里溜达一圈，最后竟又回到了笼子里。自由，对于它来说似乎已经没有多少吸引力。

两只鸟笼，并排挂在阳台上。绣眼和芙蓉相互能看见，却无法站在一起。它们用不同的鸣叫打着招呼，两种声音，韵律不同，调门也不一样，很难融合成一体，只能各唱各的曲调。它们似乎达成了默契，一只鸣唱时，另一只便静静地站在那里倾听。据说世上的鸣鸟都有极强的模仿能力，这两只鸟天天听着和自己的歌声不一样的鸣唱，结果会怎么样呢？开始几个月，没有什么异样，绣眼和芙蓉每天都唱着自己的歌，有时它们也合唱，只是无法协调成二重奏。半年之后，绣眼开始褪毛，它的鸣唱也戛然而止。那些日子，阳台上只剩下芙蓉的独唱时而飘旋起伏。有一天，我突然发现，芙蓉的叫声似乎有了变化，它一改从前那种清亮高亢的音调，声音变得轻幽飘忽起来，那旋律，分明有点像绣眼的鸣啼。莫非，是芙蓉模仿绣眼的歌声来引导它重新开口？然而褪毛的绣眼不为所动，依然保持着沉默。芙蓉锲而不舍地独自鸣唱着，而且叫得越来越像绣眼的声音。绣眼不仅停止了鸣叫，也停止了那闪电般的上下飞跃，只是瞪大了眼睛默默聆听芙蓉的歌唱，仿佛在回忆，在思考。它是在回想自己的歌声，还是在回忆那遥远的自由日子？

想不到，先获得自由的竟是芙蓉。一天，妻子在为芙蓉加食后忘记了关笼门，发现时已在一个多小时以后，那笼子已经空了。妻子下楼找遍了楼下的花坛，不见芙蓉的踪影。在鸟笼里长大的它，连飞翔的能力都没有，它大概是无法在野外生存的。

　　没有了芙蓉，绣眼显得更孤单了，它依然在笼中一声不吭。面对着挂在对面的那只空笼子，它常常一动不动地伫立在横杆上，似乎是在思念消失了踪影的老朋友。

　　一天下午，我从外面回来，妻子兴冲冲地对我说："快，你快到阳台上去看看！"还没有走近阳台，已经听见外面传来很热闹的鸟叫声。那是绣眼的鸣唱，但比它原先的叫声要响亮得多，也丰富得多。我感到惊奇，绣眼重新开口，竟会有如此大的变化。走近阳台一看，我几乎不相信自己的眼睛：鸟笼内外，有两只绣眼。鸟笼里的绣眼在飞舞鸣叫，鸟笼外，也有一只绣眼，围着鸟笼飞舞，不时停落在鸟笼上。那只自由的野绣眼，翠绿色的羽毛要鲜亮得多，相比之下，笼里的绣眼显得黯淡，不过此刻它一改前些日子的颓丧，变得异常活泼。两只绣眼，面对面上下飞蹿，鸣叫声激动而急切，仿佛在哀哀地互相倾诉，在快乐地互相询问。

　　妻子告诉我，那只野绣眼上午就飞来了，在鸟笼外已盘桓了大半日，一直不肯飞走。而笼里的绣眼，在那野绣眼飞来不久就开始重新鸣叫。笼里笼外的两只绣眼，边唱边舞，亲密无间地分食着食缸里的小米，兴奋了大半天。

那两只绣眼此刻的情状，使我生动地体会到"欢呼雀跃"是怎样一种景象。妻子建议把笼门打开，她说那野绣眼说不定会自动进笼，这样我们可以把它养在芙蓉待过的空笼子里。有一对绣眼，可以热闹一些了。可我不忍心打断两只绣眼如此美妙的交流，我不知道，在我伸出手去开鸟笼门时，会出现怎样的局面。是野绣眼进笼，还是笼里的绣眼飞走？我想了一下，无论出现哪种结局，都值得一试。于是我小心翼翼地伸出手去，但还没有碰到鸟笼，就惊飞了笼外那只野绣眼。我打开笼门，再退回到屋里。笼里那只绣眼对着打开的笼门凝视了片刻，一蹦两跳，就飞出了鸟笼。它在阳台的铁栏杆上站了几秒钟，然后拍拍翅膀，飞向楼下的花坛，转眼就消失得无影无踪。

从远处的绿荫中，隐隐约约传来欢快的鸟鸣。

❖ 囚蚁

　　童年时曾经认为世界上所有的动物都可以由人来饲养，而且所有的动物都可以从小养到大，就像人一样，摇篮里不满一尺长的小小婴儿总能长成顶天立地的大巨人，连蚂蚁也不例外。在儿歌里唱过"小蚂蚁，爱劳动，一天到晚忙做工"，所以对地上的蚂蚁特别有好感，常常趴在墙角或者路边仔细观察它们的活动，看它们排着队运食物、搬家，和比它们大无数倍的爬虫和飞虫们作战……大约是五岁的时候，有一天我和妹妹忽发奇想：为什么不能把蚂蚁们放到玻璃瓶里养起来呢？像养小鸡小鸭那样养它们，给它们吃，给它们喝，它们一定会长大，长得比蟋蟀和蝈蝈们还要大。

　　这件事情并不复杂。找一个有盖子的玻璃药瓶，然后将蚂蚁捉到瓶子里，我们一共捉了十五只蚂蚁，再旋紧瓶盖。这样，这十五只蚂蚁便有了一个透明整洁的新家。我和妹妹兴致勃勃地观察着蚂蚁们在瓶子里的动静，只见它们不停地摇动着头顶的两根触须，急急忙忙地在瓶子里上下来回地走动，似乎在寻找什么。我想它们大概是饿了，便旋开瓶盖投进一些饭粒，可它们毫无兴趣，依然惊惶不安地在瓶里奔跑。它们肯定在用它们的语言大声喊叫，可惜我听不见……第二天早晨起来，第一件事情就是看玻璃瓶里的蚂蚁。只见那十五只蚂蚁横七竖八躺在瓶底下，安安静静地一动也不动，它们全都死了。我和妹妹很是伤心了一阵，想了半天，得出结论：是因为药瓶里不透气，蚂蚁们是闷死的。（现在想起来，更可能是瓶里的药味使小蚂蚁们送了命。）原因既已找到，新的办法便随之而来。我找来一只火柴盒子，准备为蚂蚁们做一个新居。怕它们再闷死，我命令妹妹用大头针在火柴盒上扎出一些小洞眼，作为透气孔。当时已是深秋，天气有些冷，于是妹妹又有了新的担忧："火柴盒里很冷，小蚂蚁要冻死的！"对，想办法吧。在妹妹的眼里，我这个比她大一岁的哥哥是无所不能的。我果然想出办法来：从保暖用的草饭窝里抽出几根稻草，用剪刀将稻草剪碎后装到火柴盒里，这样，我们的蚂蚁客人就有了一个又透气又暖和的新窝了。我和妹妹又抓来一些蚂蚁关进火柴盒里，还放进一些饼干屑，我们相信蚂蚁们会喜欢这个新家。遗憾的是不能像玻璃瓶一样在外面观察它们了。但可以用耳朵来听，把火柴盒贴在耳朵上，可以听见它们的脚步声。这些窸窸窣窣的声音极其轻微，必须在夜深人静时听，而且要平心静气地听。在这若有若无的微响中，我曾经有过不少奇妙的遐想，我仿佛已看见那些快乐的小蚂蚁正在长大，它们长出了美丽的翅膀，像一群威风凛凛的大蟋蟀……

然而我们的试验还是没有成功。不到两天时间，火柴盒里的蚂蚁们全都逃得无影无踪。我也终于明白，蚂蚁们是不愿意被关起来的，它们宁可在墙角、路边和野地里辛辛苦苦地忙碌搏斗，也不愿意在人们为它们设置的安乐窝里享福。对它们来说，没有什么比自由的生活更为可贵。

❖ 蝈蝈

窗台上挂起一只拳头大小的竹笼子。一只翠绿色的蝈蝈在笼子里不安地爬动着，两根又细又长的触须不时从竹笼的小圆孔里伸出来，可怜巴巴地摇晃几下，仿佛在呼唤、祈求着什么。

"怪了，它怎么不肯叫呢？买的时候还叫得起劲。真怪了……"一位白发老人凑近蝈蝈笼子看了半天，嘴里在自言自语。

老人的孙子和孙女，两个不满八岁的孩子，也趴在窗台上看新鲜。

"它不肯叫，准是怕生。"小女孩说，"把它关在笼子里，它生气呢！"

小男孩说着，伸出小手去摘蝈蝈笼子。

"小囡家，别瞎说！"老人把笼子挂到小孙子摘不到的地方，然后又说，"别着急，它一定会叫的！"

整整一天，蝈蝈无声无息。两个孩子也差点儿把它忘了。

第二天，老人从菜篮里拿出一只鲜红的尖头红辣椒，撕成细丝塞进小竹笼里。"吃了辣椒，它就会叫的。"他很自信。两个孩子又来了兴趣，趴在窗台上看蝈蝈怎样慢慢把一丝丝红辣椒吃进肚子里去。

整个白天，蝈蝈还是没有吱声，只是不再在小笼子里爬上爬下。夜深人静的时候，蝈蝈突然叫起来，那叫声又清脆又响亮，把屋里所有的人都叫醒了。

"听见了吗？它叫了，多好听！"老人很有点儿得意。

两个孩子睡眼蒙眬，可还是高兴得手舞足蹈，把床板蹬得咚咚直响。

蝈蝈一叫就再也没有停下来，从早到晚，不知疲倦地叫，叫……它不停地用那清脆洪亮的声音向这一家人宣告它的存在，很快，他们就习以为常了。蝈蝈的叫声仿佛成了这个家庭的一部分。

蝈蝈的叫声毕竟太响了一点儿。在一个闷热得难以入睡的夜晚，屋子里终于发出了怨言："烦死了，真拿它没办法！"说话的是孩子的父亲。

"爸爸，蝈蝈为什么不停地叫呢？"

男孩问了一句，可大人们谁也不回答。于是两个孩子自问自答了。

"它大概也热得睡不着，所以叫。"

"不！它是在哭呢！关在笼子里多难受，它在哭呢！"

大人们静静地听着两个孩子的议论，只有白发老人，用只有自己能听见的声音叹息了一声……

早晨醒来时，听不见蝈蝈的叫声了。两个孩子趴在窗台上一看，小笼子还挂在那儿，可里面的蝈蝈不见了。小笼子上有一个整齐的口子，像是用剪刀剪的。

"它咬破了笼子，逃走了。"老人看着窗外，自言自语。

❖ 天香

　　中国人很早就对桂花有特殊的喜爱，很多动人的神话和美丽的人物都和桂花有联系。

　　我对桂花最初的认识并不是它们的姿态，而是它们的清香。小时候爱吃老城隍庙里买的一种桂花糖，喜欢那股特别的香味。于是知道桂花是一种可以吃的香花，而且味道极美。后来又吃过桂花糕、桂花饼，更加深了这种印象。至于桂花是何等模样，我一直不知道。听老人说，月亮上有一棵桂花树，陪伴着寂寞的嫦娥。在月圆之夜，我曾经对着夜空横看竖看，望酸了脖子，也未能在月亮那一堆模糊不清的阴影中辨认出什么树来。现在想起来，实在是城里的孩子可怜，水泥和砖石隔绝了他们和大自然的交往。不要说桂花，其他树木和花草，我又识得几种呢？我幼时爱诵读唐诗宋词，也曾想借古人的诗来识桂花，但使我奇怪的是，喜欢咏花的诗人们似乎偏爱其他花，如桃、李、兰、菊、梅、荷以及牡丹，写桂花的却不多。刘禹锡有："莫羡三春桃与李，桂花成实向秋荣。"苏东坡也写过桂花："江云漠漠桂花湿。"李清照对桂花评价最高："何须浅碧深红色，自是花中第一流。"而使我一读便记住不忘的，是宋之问的两句诗："桂子月中落，天香云外飘。"然而读这些诗时，我无法在其中想象出桂花的模样。于是我曾以自己幼稚的想象力描绘过这种又香又好吃的花，描绘出来的形象，居然和向日葵差不多。原因大概有二：一是对向日葵的长相很熟，而且知道桂花和向日葵一样也是金黄色；二是因为向日葵也能吃。这种滑稽的联想至今仍使我失笑。

第一次见到桂花是在上小学的时候，那一年学校组织秋游，去坐落在市郊的桂林公园。事先并不知道那里有桂花，走到公园门口时，突然闻到了飘在风中的淡淡的桂花香，不禁兴奋得手舞足蹈。进公园后，心急火燎地想一睹桂花真容，却怎么也找不到花的踪影。经人指点后，才发现了那些隐匿在绿叶下的星星点点的青黄色小花。当时是初秋，桂花刚刚开始吐蕾，那些虬结在细枝干上的米粒般的小花骨朵，不留心看实在发现不了。我感到惊讶，如此不起眼的小花，怎么竟能把整个世界都弄得一片清香？

诗人们不喜咏桂花的疑问，似乎是有了答案——桂花，实在是貌不出众。若以长相论，在百花之中它们恐怕可算丑小鸭了。

然而这答案不久便又被我新的发现所推翻。那年中秋，跟着大人又去了一趟桂林公园，景象和头一次去时全然不同了，那一丛一丛的桂树中，很显眼地溢出了一抹抹柔和的金黄，这是盛开的桂花。单朵的桂花固然很微小，当成千上万朵桂花成团成簇地一起开，也就很有一些气势了。秋风掠动树丛时，树上的桂花便纷纷扬扬地往下落，像无数金黄色的小蜜蜂，慢悠悠地飞到地面上。地上已是金黄一片，只要随意一扫，就能将落花大把大把捧起来。这满园满树满地不计其数的桂花，各自将一份幽香吐入空中，空气似乎也变稠了，就像有无形无色的桂花酒，在秋风中缓缓地静静地流动，使人置身其中神皆醉。

桂花留给我的印象极为美妙。我想，桂花是不耐孤独的，这是一个喜欢热闹的花的大家庭，它们以清香唤取人们的注意，也以辉煌的金色吸引人们的目光。当然，还有那些芬芳可口的桂花糖、桂花糕……

许多年以后，我在一座野山中遇见一棵古老的桂树，使我对桂花又有了新的认识。那是在闽西北的自然保护区，有一天傍晚我独自在山中散步，只顾看着远处的山色、想着自己的心事，不知怎么便迷了路。这时，突然下起了小雨，天色一下子变得灰暗浑浊，周围的草丛和树林霎时间阴森可怕起来，山风在林木岩石间迂回呼啸，从远处的树上传来凄厉的鸟鸣，不知名的山雀扇动着黑色翅膀急匆匆掠过头顶，一切都像是不祥之兆。我有些着慌了，这山中不仅有野兽，还有可怕的五步蛇，在这时迷路，后果不堪设想。在树丛中转了几圈，没有找到归途，于是愈加惶然。就在这时，风中飘来了一阵桂花的清香，这清香极幽极淡，若有若无，如薄暮中一缕时隐时现的轻烟。起初我还怀疑自己的嗅觉，夏天刚过，桂花飘香的时令还未到，哪里来的桂花？然而那淡淡的幽香却越来越清晰了。我拼命呼吸着，唯恐那清香又突然消失。说来奇怪，那幽淡的清香竟像镇静剂一样，驱散了我的慌乱。在飘忽的清香中，我的眼前仿佛出现无数金黄色的小精灵，它们飞舞着在我前面引路。金黄色的小精灵们越来越密集，越来越活泼，我似乎伸手便能从空气中抓下几把来……终于，我在一棵高大的桂树前站定了。

这是一棵我从未见过的巨桂，树干一人无法合抱，鳞状的树皮暗示着它的高龄，树冠覆盖数丈，如一把撑开的绿色巨伞，举头仰望，浓密的树叶间依稀有星星点点的小花开放，因为太高，看不真切。曾听人说，这山中有千年古桂，植于宋代，眼前这株巨桂想必就是宋桂无疑。这宋桂看起来并无老态，挺拔的枝干和茂密的绿叶每一处都透出年轻的生机，而那些不露声色吐着清香的小花，更显示着生命的万般美妙，清幽的芬芳在这荒凉的野山上形成一种宁静优美的氛围。如果说孤独，这株宋桂大概可算是一个孤独者了，这里没有它们家族的其他任何成员陪伴它，一千多年来，它就这样孤零零兀立在这片荒山野地，其间有多少雷暴冰雹，有多少山洪淫雨，谁也无法知道。然而它顽强地活了下来，从一枝幼苗长成了一棵大树。一千多年来，人世和自然历经沧桑，而它却一如既往，年年在秋风中开出一树金花，年年用自己清幽的香气营造出一片宁静优美的氛围。没有任何力量能够改变它的追求和向往。面对着这棵古老的桂树，我忘却了自己是个迷路者，它的风采深深地把我吸引。我感觉仿佛是在这里和一位睿智的老哲人邂逅，他沉默无言，却以那淡雅的清香告诉我许多哲理。我完全平静下来，方才那阵小小的迷乱似乎已是极遥远的往事。告别那棵宋桂后，没有费多少事我便找到了下山回去的路。尽管此时天已近黑，雨也依然淅淅沥沥不断，而桂花的清香，一直追随我到山中的小客栈。在客栈的灯光下，我发现自己的肩头落有几朵桂花，那形状和从前见到的桂花无异。这时，涌上心头的是宋之问的诗："桂子月中落，天香云外飘。"

很自然地又想到了月亮上有桂树的传说。第一个编这个故事的人，大概也曾在荒凉的迷途上遇见过一棵孤寂而又美丽的桂树，也曾在那淡雅的清香中克服了惊惶和怯懦，否则，他为什么偏偏要把一棵桂树种到寂寞凄凉的月宫中去呢?

❖ 热爱生命

父亲老了，七十有三了，年轻时那一头乌黑柔软的头发变得斑白而又稀疏。大概是天天在一起的缘故，真不知这头发是怎么白起来、怎么稀起来的。

有些人能返老还童，这话确实有道理。七十三岁的父亲，竟越来越像个孩子，对小虫小草之类的玩意儿的兴趣越来越浓。起初，是养金铃子。乡下的亲戚用塑料盒子装了一只金铃子，带给读小学的小外甥，却让他扣下来了。"小囡迷上了小虫子，读书就没有心思了。"他一边微笑着申述理由，一边凑近透明的塑料盒，仔细看那关在盒子里的小虫子。"听，它叫了！"他压低了声音，惊喜地告诉我，并且要我来看。盒子里的金铃子果然在叫，声音幽幽的，但极清脆，仿佛一根银弦在很远的地方颤动。金铃子形似蟋蟀，但比蟋蟀小得多，只有米粒大小，背脊上亮晶晶地披着一对精巧的翅膀，叫的时候那对翅膀便高高地竖起来，像两面透明的金色小旗在飘……

金铃子成了他的宝贝了。他把塑料盒子带在身边，形影不离，有空的时候，就拿出盒子来看，一看就出神，旁人说什么做什么都不知道。时间长了，他仿佛和盒子里的金铃子有了一种旁人无法理解的交流。那幽幽的叫声响起来的时候，他便微笑着陷入沉思，表情完全像个孩子。一次，他把塑料盒放在掌心里，屏息静气地谛视了好久。见我进屋来，他神秘地一笑，喜滋滋地说："相信吗，我能懂得金铃子的意思呢！"

我当然不相信，这怎么可能呢！于是他把我拉到身边，要我和他一起盯着盒子里的金铃子看。"我要它叫，它就会叫。"他很自信，也很认真。米粒大小的金铃子稳稳地站在盒子中央，两根蛛丝般的触须悠然晃动着，像是在和人打招呼。看了一会儿，他突然轻轻地叫了起来：

"听着，它马上就要叫了！听着！"

果然，他的话音刚落，金铃子背上两片亮晶晶的翅膀便一下子竖了起来，那幽泉般的鸣叫声便如歌如诉地在我的耳畔回旋……

"它马上要停了，你听着！"

金铃子叫得正欢，父亲突然又轻轻推了我一下，用耳语急促地告诉我。他的话音未落，金铃子果真停止了鸣叫。

这事真有些奇了。我问父亲这其中究竟有什么奥秘，他笑了，并不是得意扬扬的笑，而是浅浅的淡淡的一笑。他说："其实呒啥稀奇的，看得多了，摸到它的规律了。不过，这小生命确实有灵性呢。小时候，我就喜欢听它们叫，这叫声比什么歌子都好听。有些孩子爱看它们格斗，把它们关在小盒子里，它们也会像蟋蟀一样开牙撕咬，可这有啥意思呢？小时候，我就喜欢听它们唱歌……"

　　他沉浸在童年的回忆中，绘声绘色地讲起了童年乡下的琐事，讲他怎样在草丛里捉金铃子，怎样趁着月色和小伙伴一起去地主的瓜田里偷西瓜。在玉米田里，在那无边无际的青纱帐中，孩子们用拳头砸开西瓜吃个饱，然后便躺在田垄上，看着天上的月牙、星星和银河，静静地听田野里无数小生命的大合唱。织布娘娘、纺纱童子、蟋蟀、油葫芦，以及许许多多无法叫出名字的小虫子，都在用不同的声音唱着自己的歌。它们的歌声和谐地交织在一起，使黯淡的夏夜充满了生机，充满了宁静的气息。"最好听的，还是金铃子。"说起金铃子，父亲兴致特别浓，"金铃子里，有地金铃和天金铃。天金铃爬在桃树上，个儿比地金铃大得多，翅膀金赤银亮，像一面小镜子，叫起来声音也响，像是弹琴。可天金铃少得很，难找，它们是属于天上的。地金铃才是属于我们的。别看地金铃个儿小，叫声幽，那声音可了不起，大地上所有好听的声音，都能在地金铃的叫声里找到。不信，你来听听。"盒子里的金铃子又叫起来了。父亲侧着头，听得专注而又出神，脸上又露出孩子般的微笑。秋深了。风一阵凉似一阵。橘黄的梧桐叶在窗外飞旋，跳着寂寞的舞蹈。塑料盒里的金铃子开始变得沉默寡言了，越来越难得听到它的鸣叫。父亲急起来，常常凝视着塑料盒子发呆。盒子里的金铃子也有些呆了，缩在角落里一动不动，那一对小小的响翅似乎也失去了亮晶晶的光泽。

"你把它放在贴身的衣袋里试试，用体温暖着它，兴许还能过冬呢！"母亲见父亲愁眉不展，笑着提了一个建议。

父亲真把塑料盒藏进了贴身的衬衣口袋。金铃子活下来了，并且又像以前那样叫起来。不过金铃子的歌声旁人是很难听见了，它只是属于父亲的，只要看到他老人家一动不动地站着或者坐着微笑沉思，我就知道是金铃子在叫了。有时候，隐隐约约能听见金铃子鸣唱，幽幽的声音是从父亲的身上、从他的胸口里飘出来的。这声音仿佛一缕缕透明无形的烟雾，奇妙地把微笑着的父亲包裹起来。这烟雾里，有故乡的月色，有父亲儿时伙伴的笑声和脚步声……于是，我想起屠格涅夫那篇题为《老人》的散文诗来：……那么，你感到憋闷时，请追溯往事，回到自己的记忆中去吧——在那儿，深深地、深深地，在百思交集的心灵深处，你往日可以理解的生活会重现在你的眼前，为你闪耀着光辉，发出自己的芬芳，依然饱孕着新绿和春天的媚与力量！

❖ 飞来树

　　我这个人，极喜欢绿色植物，但花草似乎总和我无缘。曾经在家里种养过很多花木，如橡皮树、喜临芋、铁树、芝兰、橘树之类，但是每次总是水灵灵地搬进来，萎蔫蔫地搬出去。在别人家里长得好好的树木，到了我家，好景总不长。眼看着绿色的树叶一天天萎黄、干枯，我却没有办法使它们起死回生，这是何等痛苦的事情。

　　还好，在我家的窗外还能看到真正的绿树。朝南的卧室外面有一棵大槐树，夏天，槐树的浓荫遮住了艳阳。朝北的厨房外面，也能看到一棵树，那是一棵高大的泡桐树，有五六层楼高，春天能看到满树淡紫色的花，有风的日子，能听到一树阔大的绿叶在风中发出沙沙的喧哗。

　　今年仲春的一天，正在厨房洗碗的妻子抬头望着窗外，突然惊喜地喊起来："快来看，一棵树！"

　　我走到窗边，果然看到了几片翠嫩阔大的圆叶，从墙外

188

探头探脑地伸出来，几乎要撩拂到厨房的窗玻璃。这些叶瓣绿得透明晶莹，在阳光的照耀下，能清晰地看到叶面上细密曲折的叶脉和经络。奇怪，我家住在三楼，窗外哪有树木的存身之地。这树，从何而来？我打开窗，伸出头去探望，这才发现了秘密：厨房窗下贴墙的一条水槽里长出了一棵小树。小树从根部分叉，长出两根枝杈，都已有一指粗，长一米有余，树上大约有几十片手掌大的树叶。风吹来，小树微微摆动，绿叶迎风飘舞，显得风姿绰约。看那阔大的树叶，和隔壁那棵泡桐树一模一样。毫无疑问，这一定也是一棵泡桐了。这棵新发现的小树，使我们全家兴奋不已。它竟然会在我们的眼皮底下长出来。

是谁栽下了这棵树？可能是风，是风把不远处的那棵泡桐树的种子吹到了窗外的水槽里。也可能是鸟，窗外的水槽里常常有小鸟停歇，是它们衔来了树的种子。儿子认定是飞鸟所为，他说："小鸟吃了水槽里的饭粒，想报答我们，就衔来了树种。它们看我们家光秃秃的太没趣，给我们送点儿绿色来。这是飞来树。"飞来树，很有意思的名字。

窗外的飞来树成了我们全家的朋友。我们在它身上没有花费任何心思，它却一天一天蓬蓬勃勃地成长着。随着树身的长高，树叶渐渐越过了窗台，不用探头，就能看到它绿色的身影。

我们坐在厨房里吃饭时，飘摇的树叶犹如绿色手掌，在窗外优雅地向我们挥动。这位不请自来的绿色朋友，给我们平静的生活带来了意外的乐趣。

❖ 城中天籁

在城里住久了，有时感觉自己是笼中之鸟，天地如此狭窄，视线总是被冰冷的水泥墙阻断，耳畔的声音不外车笛和人声。走在街上，成为汹涌人流中的一滴水，成为喧嚣市声中的一个音符，脑海中那些清净的念头，一时失去了依存的所在。

我在城中寻找天籁。她像一个顽皮的孩童，在水泥的森林里和我捉迷藏。我听见她在喧嚣中发出幽远的微声：只要你用心寻找，静心倾听，我无处不在。我就在你周围悄然成长着、蔓延着，你相信吗？

想起了陶渊明的诗句："结庐在人境，而无车马喧。问君何能尔？心远地自偏。"在人海中"结庐"，又要躲避车马喧嚣，可能吗？诗人自答："心远地自偏。"只要精神上远离了人间喧嚣倾轧，周围的环境自会变得清静。这首诗，接下来就是无人不晓的名句："采菊东篱下，悠然见南山。"我的住宅周围没有篱笆，也无菊可采，抬头所见，只有不远处的水泥颜色和邻人的窗户。

我书房门外走廊的东窗外，一缕绿荫在风中飘动。

我身居闹市，住在四层公寓的三楼，这是大半个世纪前建造的老房子。这里的四栋公寓从前曾被人称为"绿房子"，因为，这四栋楼房的墙面，被绿色的爬山虎覆盖，除了窗户，外墙上遍布绿色的藤蔓和枝叶。在灰色的水泥建筑群中，这几栋爬满青藤的小楼，就像一片青翠的树林凌空而起，让人感觉大自然还在这个人声喧嚣的都市里静静地成长。我当年选择搬来这里，很重要的原因就是这些爬山虎。

搬进这套公寓时是初冬，墙面上的爬山虎早已褪尽绿色，只剩下无叶的藤蔓，蚯蚓般密布墙面。住在这里的第一个冬天，我一直心存担忧：这些枯萎的藤蔓，会不会从此不再泛青？我看不见自己窗外的墙面，只能观察对面房子墙上的藤蔓。整个冬天，这些藤蔓没有任何变化，在凌厉的寒风中，它们看上去已经没有了生命的迹象。

寒冬过去，风开始转暖，然而墙上的爬山虎藤蔓依然不见动静。每天早晨，我站在走廊里，用望远镜观察东窗对面墙上的藤蔓，希望能看到生命复苏的景象。终于，那些看似干枯的藤蔓开始发生变化，一些暗红色的芽苞，仿佛是一夜间长成，起初只是米粒大小，密密麻麻，每日见大，不到一个星期，芽苞便纷纷绽开，吐出淡绿色的嫩叶。僵卧了一冬的藤蔓，在春风里活过来，新生的绿色茎须在墙上爬动，它们不动声色地向上攀缘，小小的嫩叶日夜长大，犹如无数绿色的小手掌，在风中挥舞摇动，永不知疲倦。春天的脚步，就这样轰轰烈烈地在水泥墙面上奔逐行走。没有多少日子，墙上已是一片青绿。而我家里的那几扇东窗，也成了名副其实的绿窗。窗框上，不时有绿得近乎透明的卷须和嫩叶探头探脑，日子久了，竟长成轻盈的窗帘，随风飘动。透过这绿帘望去，窗外的绿色层层叠叠、影影绰绰、变幻不定，心里的烦躁和不安仿佛都被悄然过滤。在我眼里，窗外那一片绿色，是青山，是碧水，是森林，是草原，是无边无际的田野。此时，很自然地想起陶渊明的诗，改几个字，正好表达我喜悦的心情："觅春东窗下，悠然见青山。"

有绿叶生长，必定有生灵来访。在爬山虎的枝叶间，时常可以看到蝴蝶翩跹，能听到蜜蜂的嗡嗡欢鸣。蜻蜓晶莹的翅膀在叶梢闪烁，还有不知名的小甲虫，背着黑红相间的甲壳，不慌不忙在晃动的茎须上散步。也有壁虎悄悄出没，那银灰色的腹部在绿叶间一闪而过，犹如神秘的闪电。对这些自由生灵来说，这墙上的绿荫，就是它们辽阔浩瀚的原野山林。

爬山虎其实和森林里的落叶乔木一样，一年四季经历着生命盛衰的轮回，也让我见识着生命的坚忍。爬山虎的叶柄处有脚爪，是这些小小的脚爪抓住了墙面，使藤蔓得以攀缘而上，用表情丰富的生命色彩彻底改变了僵硬冰冷的水泥墙。爬山虎的枝叶到底有多少色彩，我一时还说不清楚。春天的嫩红浅绿，夏日的青翠墨绿，让人赏心悦目。爬山虎也开花，初夏时分，浓绿的枝叶间出现点点金黄，有点像桂花。它们的香气，我闻不到，蝴蝶和蜜蜂们却闻到了，所以它们结伴而来，在藤蔓间上上下下忙个不停。爬山虎的花开花落，没有一点张扬，都是在不知不觉之中。花开之后也结果，那是隐藏在绿叶间的小小浆果，呈奇异的蓝黑色。这些浆果，竟引来飞鸟啄食。麻雀、绣眼、白头翁、灰喜鹊，拍着翅膀从我窗前飞过，停栖在爬山虎的枝叶间，觅食那些小小的浆果。彩色的羽翼和欢快的鸣叫，掠过葳蕤的绿叶柔曼的藤须，在我的窗外融合成生命的交响诗。

秋风起时，爬山虎的枝叶由绿色变成橙红色，又渐渐转为金黄，这真是大自然奇妙的表演。秋日黄昏，金红的落霞映照着窗外的红叶，使我想起色彩斑斓的秋山秋林，也想起古人咏秋的诗句，尽管景象不同，但有相似意境："树树皆秋色，山山唯落晖""山明水净夜来霜，数树深红出浅黄"。

一天，一位对植物很有研究的朋友来看我。他看着窗外的绿荫，赞叹了一番，突然回头问我："你知道爬山虎还有什么名字吗？"我茫然。朋友笑笑，自答道："它还有很多名字呢，常青藤、红丝草、爬墙虎、红葛、地锦、捆石龙、飞天蜈蚣、小虫儿卧草……"他滔滔不绝说出一长串名字，让我目瞪口呆，却也心生共鸣。这些名字，一定都是细心观察过爬山虎生长的人创造的。朋友细数了爬山虎的好处，说它们是理想的垂直绿化，既能美化环境，调节空气，又能降低室温。它们还能吸收噪音，吸附飞扬的尘土。爬山虎对建筑物，没有任何伤害，只起保护作用。潮湿的天气里，它们能吸去墙上的水分，干燥的时候，它们能为墙面保持湿度。朋友叹道："你的住所，能被这些常青藤覆盖，是福气啊。"

我从前曾在家里种过一些绿叶植物，譬如橡皮树、绿萝、龟背竹，却总是好景不长。也许是我浇水过了头，它们渐渐显出萎靡之态，先是根烂，然后枝叶开始枯黄。目睹着这些绿色的生命一日日衰弱，走向死亡，却无力挽救它们，实在是一件苦恼的事情。而窗外的爬山虎，无须我照顾，却长得蓬勃茁壮。热风冷雨，炎阳雷电，都无法破坏它们的自由成长。

爬山虎在我的窗外生长了五个春秋，我以为它们会一直蔓延在我的视野，让我感受大自然无所不在的神奇，也曾想把我的"四步斋"改名为"青藤斋"。谁知这竟成为我的一个梦想。

那是一个盛夏的午后，风和日丽。我无意中发现，挂在我窗外的绿色藤蔓，似乎有点干枯，藤蔓上的绿叶萎头萎脑，失去了平日的光泽。窗子对面楼墙上那一大片绿色，也显得比平时黯淡。这是什么原因？我研究了半天，无法弄明白。第二天早晨，窗外的爬山虎依然没有恢复应有的生机。经过一天烈日的晒烤，到傍晚时，满墙的绿叶都呈萎缩之态。会不会是病虫之患？我仔细查看那些萎缩的叶片，没有发现被虫蛀咬的痕迹。第三天早晨起来，希望看到窗外有生命的奇迹出现，拉开窗帘，竟是满眼惨败之象。那些挂在窗台上的藤蔓，已经没有一点湿润的绿意，就像晾在风中的咸菜干。而墙面上的绿叶，都已经枯黄。这些生命力如此旺盛的植物，究竟遭遇了什么灾难？

我走出书房，到楼下查看，在墙沿的花坛里，看到了触目惊心的景象：碗口粗的爬山虎藤，竟被人用刀斧在根部齐齐切断！四栋公寓楼下的爬山虎藤，遭遇了相同的厄运。这样的行为，无异于一场残忍的谋杀。生长了几十年的青藤，可以抵挡大自然的风雨雷电，却无法抵挡人类的刀斧。后来我才知道，砍伐者的理由很简单：老公寓的外墙要粉刷，爬山虎妨碍施工。他们认为，新的粉墙，要比爬满青藤的绿墙美观。未经宣判，这些美妙的生命，便惨遭杀戮。

断了根的爬山虎还在墙上挣扎喘息。绿叶靠着藤中的汁液，在烈日下又坚持了几天，一周后，满墙绿叶都变成了枯叶。不久，枯叶落尽，只留下绝望的藤蔓，蚯蚓般密布在墙面，如同神秘的文字，也像是抗议的符号。这些坚忍的藤蔓，至死都不愿意离开水泥墙，直到粉墙的施工者用刀铲将它们铲除。

"绿房子"从此消失。这四栋公寓楼，改头换面，消失了灵气和个性，成了奶黄色的新建筑，混迹于周围的楼群中。也许是因为居民们的抗议，有人在楼下的花坛里补种了几株紫藤。也是柔韧的藤蔓，也是摇曳的绿叶和嫩须，一天天，沿着水泥墙向上攀爬……

紫藤，你们能代替死去的爬山虎吗？

❖ 生命草

　　我自小就喜欢花草，爱看，也爱种。我家有一个不大的凉台，坐南向北，虽说位置不怎么理想，栽些花草，还是可以的。记得开始时种的是凤仙花。播下了几粒种子，于是天天浇水，天天盼望着湿漉漉的泥土里冒出水灵灵的幼苗来。当那些纤弱的小芽终于钻出泥土，在阳光下舒展开青嫩的叶瓣时，我竟高兴得手舞足蹈了……和所有性急的孩子一样，我巴不得花盆里那些又小又细的幼芽一天之内就能开花结籽。一个天真的想法，便在我心里滋生了：多浇些水，多施些肥，小苗一定能长得快些。于是我每天浇四五遍水，早晨浇，晚上浇，中午也浇，还把自己认为可以做肥料的一切东西都往花盆里撒。结果，小苗非但没有长高，竟一棵棵地萎缩了，死了。我的伤心自不必说，大人们却还笑我："你呀，真是个小戆大。你知道吗？这些小花小草，也是些小生命，娇嫩着哩，乱来怎么行呢！"哦，是我的幼稚，使这些娇嫩的小生命夭折。不过我并没有灰心，一次次地再播种，再培育，终于盼来了开花结实。我种过蝴蝶花、兔子花、海棠花、兰花，还有月季、金橘、石榴，有过许多成功的喜悦，也有过不少失败的懊丧。可是大人们的那些话，却一直深刻地印在我的心里。是的，这些小花小草，真是些娇嫩的小生命！

有段时间，我的那几个花盆里荒芜了，盆中有时偶然会长出几株小草，但总是活不上几天便枯萎了。这样过了好几年，在一个冬天之后，我的花盆里似乎出现了奇迹，在没人浇水、没人施肥的土壤中，竟长出了几丛绿茵茵的、形状特殊的植物来。起初谁也没有注意，而它们却以惊人的速度成长起来。初夏的一天，我走上凉台，不由得惊叫了：光秃秃的凉台上，赫然出现了几盆青翠而又茂盛的植物，细而长的叶子，形状有点儿像太阳花，但没有太阳花叶子这般厚实。密密层层的枝叶，向四面八方伸展出去，在它们所能达到的范围内，绝不留下一丝空隙，上面挤得太紧了，枝叶又随着盆沿倒垂下来，挂满了花盆的四周。远远看去，就像几个毛茸茸的绿绣球，这真是奇迹。是谁播下的种子呢？是雨？是风？我不知道。反正，绝不是人们有意识地播下的。更使我惊奇的是这草的生命力，实在是少有的坚韧，少有的顽强。几盆贫瘠的沙土，常常被夏日如火的太阳晒得龟裂，这草，却在里面扎了根，活下来，就凭着几场天赐的雨露，就凭着早年埋葬在这里的花草提供的一些养料。它们活得如此乐观，如此蓬勃，那一份强健旺盛的朝气，足以和任何植物园中的花草相匹敌。我也真不明白，有时，连着几十天不下雨，大地被烤得直冒青烟，这草，枝不萎，叶不焦，依然郁郁葱葱，生气勃勃，仿佛它自身便能产生出生存所需的一切水分和养料。

我爱上了这些奇特的小草，不知其名，我就自己给它起了名字：生命草。它有着仙人掌一般顽强的生命力，却不似仙人掌那样孤傲呆板。是的，我并不喜欢仙人掌，那扁平多肉的身躯，那犬牙交错的利刺，实在引不出什么美的联想。而这些生命草，却有着一股灵秀之气。早晨，在它绿茵茵的叶瓣上，挂着一颗颗晶莹透明的露珠，就像许多纤小而又健壮的小手臂，托着一颗颗闪闪发光的珍珠。它也开花，那是一些并不显眼的小花，形似珠兰，色呈淡黄，虽没有珠兰的芬芳，却自有一股淡淡的清香，一样招人喜爱。冬天，它枯萎了，然而，它却把生命的种子，悄悄地撒落在泥土中，一到春天，花盆中便又冒出水灵灵的嫩芽来……有一次，住在楼下的一位老人见到这些草，他告诉我，这草可以治疮，把它的枝叶捣烂了敷在疮口上，十分灵验。哦，这些葱郁的小草，丝毫无求于人类，只是凭着自身的毅力活下来，却还努力地造福于人类，为人们解除病痛。这些顽强而又高尚的小生命哟！

在很少看得见鲜花的年代里，这些可爱的生命草，给我带来了难以言喻的欢欣。它们仿佛是在黑暗中燃烧的一团火，使我思索，给我启迪。是的，在逆境之中，只要不失去信心，不失去毅力，不失去向命运挑战的勇气，不失去同困难搏斗的韧劲，那就照样可以活得很好。倘使失去了这些，那么，即便是在风调雨顺的环境里，也会横遭不测，就像童年时代在我手下夭折的那些花花草草……我想起了一些人：一个小木匠，在艰难的条件下刻苦自学，结果成为很有造诣的科研人才；一个受人歧视的社会青年，含着泪、咬着牙钻研高能物理，终于以名列前茅的成绩考上了研究生……是的，在生活当中，有这样的生命草。他们曾经被人们不屑一顾，却终究以自己蓬勃的生命之花，赢得了世界的注意。

好在我的凉台上，又有了一些美丽的花卉，但，那几盆繁衍至今的生命草，我总不愿意把它们搬走。它们不需要我的照料，却总是给我许多联想，深沉而又亲切。当然，我们希望有更多好的苗圃和园丁，培育出更多美丽芬芳的花儿来。然而，总是有一些小草会流落荒野的——于是，我要大声地说："小草啊，你们大可不必悲观！只要还有阳光，还有空气，这世界上，总会有一块属于你的土地，总会有一颗属于你的露珠。去争取吧，去奋斗吧，你一定会活得很好，并且可以有益于世界的！"

啊，我赞美生命草……

❖ 会思想的芦苇

　　最近回到我曾经插队落户的故乡，一下船，就看到了在江堤上迎风摇曳的芦苇。久违了，朋友！

　　芦苇，曾经被人认为是荒凉的象征。然而在我的心目中，这些随处可见的植物，却代表着美丽自由的生命，它们伴随我度过了艰辛的岁月。

　　从前，芦苇是崇明岛上一种重要的经济作物。芦苇的一身都有经济价值。埋在地下的嫩芦根可解渴充饥，也可入药。芦叶可以包粽子，芦叶和糯米合成的气味，就是粽子的清香。芦花能扎成芦花扫帚，这样的扫帚，城里人至今还在用。用途最广的，是芦苇秆，农民用灵巧的手，将它们编织成苇帘、苇席、芦筐、箩筐、簸箕，盖房子的时候，芦苇可以编苇墙，织屋顶。很多乡民曾经以编织芦苇为生，生生不息的芦苇使故乡人多了一条活路。我在崇明插队时，曾经和农民一起研究利用地下的沼气来做饭。打沼气灶，也用得上芦苇。我们先在地上挖洞，再将芦苇集束成捆，一段一段接起来，扎成长十数米的芦把，慢慢地插入洞中，深藏地下的沼气，会沿着芦把的空隙升上地面，积蓄于土灶中，只要划一根火柴，就能在灶口燃起一簇蓝色的火苗，为贫困的生活增添些许温馨。在我的记忆中，这是一件无比奇妙的事情。

在艰苦的插队生涯中，芦苇给我的抚慰旁人难以想象。我是一个迷恋自然的人，而芦苇，正是大自然馈赠给人类的美妙礼物。在被人类精心耕作的田野中，几乎很少有野生的植物连片成块，只有芦苇例外。没有人播种栽培，它们自生自长，繁衍生息，哪里有泥土，有流水，它们就在哪里传播绿色，描绘生命的坚韧和多姿多彩。春天和夏天，它们像一群绿衣人，伫立在河畔江边，我喜欢看它们在风中摇动的姿态，喜欢听它们应和江涛的簌簌絮语。和农民一起挑着担子从它们中间走过时，青青的芦叶掸我衣，拂我脸，那是自然对人的亲近。最难忘的是它们开花的景象，酷暑过去，金秋来临，风一天凉似一天，这时，江边的芦苇纷纷开花了，那是一大片皎洁的银色，在风中，芦苇摇动着它们银色的脑袋，在江堤两边发出深沉的喧哗，远远看去，犹如起伏的浪涛，也像浮动的积雪。使我难忘的是夕照中的景象，在绚烂的晚霞里，银色的芦花变成了金红色的一片，仿佛随风蔓延的火苗，在大地和江海的交界地带熊熊燃烧。冬天，没有被收割的芦苇身枯叶焦，在风雪中显得颓败，使大地平添几分萧瑟之气。然而我知道，芦苇还活着，它们不会死，在冰封的土下，有冻不僵的芦根，有割不断的芦笋。只要春风一吹，它们就以粉红的嫩芽，以翠绿的新叶为人类报告春天的消息。冬天的尾巴还在大地上扫动，芦笋却倔强地顶破被严霜覆盖的土地，在凛冽寒风中骄傲地伸展开它们那柔嫩的肢体，宣告冬天的失败，也宣告生命又一次战胜自然强加于它们的严酷。我曾经在日记中写诗，诗中以芦苇自比。帕斯卡说："人是一棵会思想的芦苇。"这比喻使我感到亲切。以芦苇比人，喻示人的渺小和脆弱，其实，可以作另义理解，人性中的忍耐和坚毅，恰恰如芦苇。在我的诗中，芦苇是有思想的，它们面对荒滩，面对流水，面对南来北往的候鸟，舒展开思想之翼，飞翔在自由的天空中。我当年在乡下所有的悲欢和憧憬，都通过芦苇倾吐了出来。

我曾经担心，随着崇明岛的发展和进步，岛上的芦苇会渐渐消失。然而我的担心大概是多余的，只要泥土和流水还在，只要滩涂上的芦根还在，谁也无法使这些绿色的生命绝迹。我的故乡，也将因为有芦苇的存在而显得生机勃发，永葆它的天生丽质。这次去崇明，我专门到堤岸上去看了芦苇。芦苇还和当年一样，在秋风中摇晃着银色的花朵。那天黄昏，我凝视着落霞渐渐映红那一大片芦花，它们在天地之间波浪起伏，像涌动的火光，又点燃我青春的梦想……

❖ 绿色的宣言

戈壁滩。戈壁滩。戈壁滩……

世界上，仿佛只剩下了渺无际涯的戈壁滩。一大片一大片灰黄单调的色彩，在车窗里向后倒退，向天边延伸，遥远的天边，起伏着寸草不生的秃山，那暗红的色泽和奇特的形状，竟使人联想到了月球和火星……

荒凉、贫瘠、寂寥——这些令人发怵的字眼，似乎就是专门为戈壁滩创造的。

灰黄中，突然闪出几星浅绿！尽管绿得可怜，却使我的眼睛发亮了。在这片无边无际的荒滩上，原来也有生命。星星点点的，绿色在不断地闪烁，它们改变了戈壁滩可怕的形象。

这些奇怪的绿色是什么呢？

"是刺棵子。"一位饱经风霜的旅伴告诉我。

刺棵子。刺棵子。刺棵子……

我踏上茫茫的戈壁滩，我要认识这些奇怪的绿色。我终于看清了它们。

在冒着青烟的沙砾中，在龟裂的土壤里，在那些不知从哪里飞来的大石块下，它们蓬蓬勃勃地生长着，纤长的枝条，无拘无束地向四面八方伸展，枝条上绿色的利刺和小圆叶，骄傲地在烈日和热风中摇曳……

哪里有戈壁滩，它们就在哪里出现，不管风沙多么狂暴，不管炎阳多么严酷，它们顽强地在荒芜中绽吐着给人以希望的色彩，透露出生命的信息。

我惊讶了——在这生命绝迹的旱漠荒野上，它们怎么能生存下来呢？该不会有什么特异功能？

我想从沙砾中拔出一棵来，费尽气力，未能得逞，利刺却戳破了我的手……

哦，这倔强的小生命，把根扎得那么深！

我看见它们在骄傲地微笑，我听见它们在骄傲地唱歌。面对广阔而又无情的大戈壁，它们能不骄傲吗！

它们在用那星星点点的绿色向世界宣告：生命，是无法战胜的！来，沿着它们的足迹向荒漠进军吧，前方，一定能找到绿洲……

❖ 寻"大红袍"记

"'大红袍'在哪里？"

"沿着小路一直走，见岔道时只管往右拐。"

"远不远哪？"

"说远也远，说不远也不远。诚心去看，还怕找不到！"

从天游峰后山下来，我们在一个岔道口问路。为我们指路的是一位在山上耕作着一块巴掌大土地的老人。他三言两语回答了我们的问题，用手指了指远方，便埋头翻地，再也不理睬我们。

远方，只见丛生的杂树野草，在风中不安地摇晃，危岩交错，峰峦重叠，轻纱似的云雾从山坳中袅袅飘起，使眼帘中的一切都变得若游若定，似有似无……"大红袍"在哪里呢？

"大红袍"是武夷山中的几棵名扬四海的茶树。听说这几棵茶树从清朝开始就被人们誉为"茶中之王"，每年采制加工的不多几斤茶叶，全都要进贡到朝廷里，供帝王贵族消受。到武夷山来的人，一定要去看看这几株茶树，一是为了它们奇怪的名字，二是为了它们的珍贵。

路不好走。尺把宽的小径，曲曲弯弯地在野草和乱石之中蜿蜒，藤蔓、荆棘、野蔷薇，不时牵衣绊脚，胳膊和脚踝上，被划出了一条条血印。有时候野草太茂盛，杂色的草叶枝条把崎岖的路面掩盖得严严实实，只能用脚在野草底下试探着前进，真担心突然踏进什么陷阱或者踩到一条斑斓的毒蛇……陷阱和毒蛇倒是没有遇到，路，却越来越难走了。

一堵森然的峭壁挡住了去路。峭壁，像一个沉默的庞然大物镇守在前方。似乎是无路可走了！走到绝壁前，方才发现有路，那是峭壁中间一道窄窄的缝隙，仿佛是谁用一把巨斧劈出来的裂口。走到绝壁之间举头仰望，天空犹如一条蓝色的溪涧，在头顶上游动。走到峡口，天地豁然开朗，从峡中流出的溪涧，也欢快地袒露了自己活泼的形象，淙淙作响的水声，竟然化作一阵阵清脆的笑声。走出几步，才看清楚了，一条清澈明净的小溪边，三个少女正在一边说笑一边洗衣服，花花绿绿的衣服在透明的泉水里漂动……这不见人烟的深山里，哪里冒出三个乐呵呵的少女来？举目四顾，但见前方的树荫里，露出几片青灰色的屋脊——这里，居然也有人家！

见到我们，洗衣少女丝毫没有露出惊奇的表情。我们却无法掩饰自己的好奇，忍不住问道："在山里，你们干什么呢？"少女们脸红了，互相望了一眼，低着头吃吃地笑起来。其中一个年纪稍大一些的抬起头回答我们："靠山吃山嘛！我们种茶。"

种茶！茶树在哪里？

少女见我们诧异，又笑了："喏，往高处看，茶树在山上。"

高处，只有云雾在缭绕。

"'大红袍'在什么地方？"我们异口同声地问。

"还要往前走。'大红袍'在山里面。"年长的少女答道。

山里面，这实在是一个不甚明确的概念。于是我又问："离这里远不远？"

"说远也远，说近也近。找'大红袍'得有点儿耐心呢。"少女微笑着回答。这话，竟和天游峰下那位老人的话差不多。

我们继续赶路，凡是遇到岔路口，我们一概往右拐，老人的指点是无可怀疑的。山的深度仿佛无穷无尽，小路永远在那里盘旋蜿蜒……

路，越来越窄。在一片野苇丛生的积水潭前，路终于中断了。我们高声喊着，竟然连回声也没有，只有懒洋洋的风，轻轻拂动着水潭里的野苇，发出一片沙沙之声，像是在嘲笑我们。

别无他法，只能原路折回。我们小心地拨开挡路的茅草，寻找着自己的脚印，一步一步地往回走。"大红袍"，看来今天我们和你没有缘分了……

　　到了一个三岔路口。何去何从？我们犹豫着。无意之中，突然在茅草丛中发现一块木牌，木牌上歪歪扭扭写着一行字："看'大红袍'由此向前。"字下面是一个粗黑的箭头，赫然指着左边那一条小路。柳暗花明，"大红袍"在向我们招手了！

　　"大红袍！"同伴们大叫起来。路边的一块石碑上，刻的正是这三个字。然而附近并没有什么令人瞩目的景物，峭壁上，有一个凸出的小石座，石座里，蹿出几株平平常常的茶树，暗灰色的树干，斜生出许多弯弯曲曲的枝条，长圆形的叶片绿得很浓，近乎是墨绿了。这几株貌不出众的茶树，就是名扬四海的"茶中之王"吗？历尽曲折寻觅了大半天，找到的竟是这样几棵树，真有点儿令人失望。

　　离茶树不远的山坡上，有一座简陋的大木楼，木楼门口挂一块写着"茶"字的木牌，一个瘦瘦的老人站在门口朝我们微笑。我突然感觉口干舌燥。我们走到茶楼门口时，老人已经满满地斟好了几大碗茶在屋里等着："喝一碗吧，尝尝这山里的清香。"他笑着招呼我们，态度诚恳而又亲切。茶，呈黄绿色，并不见得很清，然而有异香袅袅飘起……

　　我啜了一小口。茶味稍带苦涩，然而有一股浓浓的、特殊的香味，咽下去之后，只觉得满口清芬，神志为之一爽。果然是好茶！我们在木楼门口坐下来，解开汗湿的衣衫，回头望着那条云缠雾绕的来路，一小口一小口地啜着碗里的茶。渐渐地，疲乏烟消云散了，只有那一股浓郁清醇的幽香，沁人肺腑，使整个身心都沉醉在一种清幽高雅的气氛中。走这么多路，我们不就是为了来寻这馨香的吗！"大红袍"的价值，不在于它的外貌，而在于它的内涵，人们向往它，推崇它，是因为它独具风格的芬芳。此刻，当寻求的目标浓缩成一碗香茶，静静地抚慰着疲倦的身心时，我们真正品尝到了追求者的欢乐。

看我们小心翼翼地啜着碗里的茶，老人在一边嘿嘿地笑了："敞开肚子喝吧，有的是茶呢！"他一边用一把瓷壶为我们斟茶，一边慢悠悠地说："只要山泉不枯，只要茶树不死，不愁没茶喝。"

"这茶，为什么这样好？"我问。

"靠了这山的灵秀，靠了这石缝里渗出的泉水，也靠了人的侍弄。"老人的回答简洁而又明了。

"为啥要叫它'大红袍'呢？"我又问。

"这树上的叶片，刚发芽时是红色的。早春时节，满树红彤彤的嫩叶，还真像大红袍呢。"他的回答，依然简洁明了。

"种这树，怕不容易吧？"

老人笑了笑，没有立即回答，只是有劲地搓着一双粗糙结实的手。过了一会儿，他才说："一年到头住在山里，也弄惯了，没什么。种茶，总得花工夫。这'大红袍'还算好。听说过'半天妖'吗？"他指了指远方隐匿在云里雾里的山峰。"在绝顶上，种茶人上山，得像爬山虎一样顺着窄窄的石镫爬上去，登天一样哩！"说罢，他从屋角抄起一把鹤嘴锄走出门去。去没几步，又回头叮嘱我们："你们，慢慢品茶吧。"

　　不知怎的，我们都脸红了。茶的清香依然不绝如缕，无声无息地熏陶着我们。很自然地，想起范仲淹的两句诗来：

　　不如仙山一啜好，

　　泠然便欲乘风飞。

❖ 假如你想做一株蜡梅

果然，你喜欢那几株蜡梅了，我的来自南方的朋友。

你的钦羡的目光久久地停留在我的书桌上，停留在那几株刚刚开始吐苞的蜡梅上。你在惊异：那些看上去瘦削干枯的枝头，何以竟结满密匝匝的花骨朵儿？那些看上去是透明的、娇弱无力的淡黄色小花，何以竟吐出如此高雅的清香？那清香不是静止的，它无声无息地在飞，在飘，在流动，像是有一位神奇的诗人，正在幽幽地吟哦着一首无形无韵然而却无比优美的诗。蜡梅的清香弥漫在我的屋子里，使我的小小的天地充满了春天的气息，尽管窗外还是寒风呼呼、滴水成冰。我们都深深地陶醉在蜡梅的风韵和幽香之中。

你久久凝视着蜡梅，突然扑哧一声笑起来：

"假如下一辈子要变成一种植物的话，我想做一棵蜡梅。你呢？"

你说着笑着就走了，却留给我一阵遐想。

假如，你真的变成一棵蜡梅，那会怎么样呢？我默默地凝视着书桌上那几株蜡梅，它们仿佛也在默默地看着我。如果那流动的清香是它们的语言的话，那它们也许在回答我了。

好，让我试着来翻译它们的语言，你听着——

假如你想做一棵蜡梅，假如你乐意成为我们家族中的一员，那么你必须坚韧，必须顽强，必须敢于用赤裸裸的身躯去抗衡暴风雪。你能吗？

当北风在空旷寂寥的大地上呼啸肆虐，冰雪冷酷无情地封冻了一切扎根于泥上的植物，当无数生命用消极的冬眠躲避严寒的时候，你却应该清醒着，应该毫无畏惧地伸展出光秃秃的枝干，并且要把毕生的心血都凝聚在这些光秃秃的枝干上，凝结成无数个小小的蓓蕾，一任寒风把它们摇撼，一任严霜把它们包裹，一任飞雪把它们覆盖……没有一星半瓣绿叶为你遮挡风雪！你能忍受这种煎熬吗？也许，任何欢乐和美都源自痛苦，都经历了殊死地拼搏，但是世人未必都懂得这个道理。

假如你想做一棵蜡梅，你必须具备牺牲的精神，必须毫无怨言地献出你的心血和生命的结晶。你能吗？

当你历尽千辛万苦，终于迎着风雪开放出你的小小的花朵，你一定无比珍惜这些美丽的生命之花。然而灾祸常常因此而来。为了你的预报春天信息的清香，人们的刀斧和钢剪将会无情地落在你的身上。你能承受这种牺牲吗？也许，当你带着刀剪的创痕进入人类的厅堂，在一只雪白的瓷瓶或者一只透明的玻璃瓶里默默地完成你生命的最后乐章时，你会生出无穷的哀怨，尽管有许多人微笑着欣赏你，发出一声声由衷地赞叹。如果人们告诉你：奉献和给予是一种莫大的幸福，你是不是同意呢？

假如你想做一棵蜡梅，你必须忍受寂寞，必须习惯于长久地被人们淡忘冷落。你能吗？

请记住，在你的一生中，只有结蕾开花的那些日子你才被世界注目。即使是花儿盛开之时，你也是孤零零的，没有别的什么花卉愿意和你一起开放，甚至没有一簇绿叶陪伴你。"好花须得绿叶扶"，这样的格言与你毫不相干。当冰雪消融，当温暖和春风吹绿了世界，当万紫千红的花朵被水灵灵的绿叶扶衬着竞相开放，你的花儿早已谢落殆尽。这时候，人们便忘记了你。春之圆舞曲是不会为你奏响的。

假如你问我：那么，你们何必要开花呢？

我要这样答你：我们开花，决不是为了炫耀，也不是为了献媚，只是为了向世界展现我们的风骨和气节，展现我们对生命意义的理解。当然，我们的傲骨里也蕴藏着温柔的谦逊，我们的沉默中也饱含着浓烈的热情。这一切，人们未必理解。你呢？

我把做一棵蜡梅的幸与不幸、欢乐与痛苦都告诉你了。现在，请你告诉我，你，还想不想做一株蜡梅?

　　哦，我的南方朋友，我把蜡梅向我透露的一切，都写在这里了。当你在和煦的暖风里读着它们，不知道你还会不会以留恋的心情，想起我书桌上那几株蜡梅。此刻，北风正在敲打着我的窗户，而我的那几株蜡梅，依然在那里默默地绽蕾，默默地吐着清幽的芬芳……

第㐃章

在柏林散步

如果世界真是由上天创造的，

那么，

这位上天创造的最伟大的东西，

不是世间万物，

是宇宙，

而是生命之爱。

❖ 但丁的目光

　　暮色降临，那些曲折的街道和小巷顿时更显得幽深。眼看天光一点点变得幽暗，站在街口，只见那些古老楼房迎面压下来，遮住了窥探的视线。黄色的路灯突然亮了，石头的路面上光影闪动，似乎随时都会有奇景出现。黄昏的佛罗伦萨，在一个外来者的眼里，显得无比神秘。

　　走过一条狭窄的小路时，陪我的意大利朋友轻声说："但丁，他在这里住过。"顺着他手指的方向望去，是一座很普通的临街小楼，看上去已经歪歪斜斜，门口挂着一盏方形风灯，灯不亮，闪烁着昏黄的光芒。给人的感觉，这光芒也是古老的，五百年岁月，都浓缩在这幽暗的灯光中。当年，这该是一盏油灯，在风中飘摇，但丁踏着夜色回家时，看见的也是差不多的景象吧。墙上，有但丁的青铜雕像。诗人眉峰紧锁，目光忧郁而深邃，越过我头顶，凝望着远方。我想象那小楼中，有窄而陡的楼梯，在黑暗中上升，通向一间书房，书房不会很大，却能容纳下整个宇宙。诗人的幻想和思索在这里上天入地,寻哲人,会鬼神……写出《神曲》的伟大诗人,竟住在如此普通的屋舍中,这有点儿出乎我的意料。大诗人贫穷,中外古今,大抵如此。但丁贫穷,不会影响《神曲》的伟大。我仿佛看见那昏暗的灯光中闪动着一行字:贫穷而伟大的诗人!

走在古老的石头街道上,很自然地产生这样的念头:这就是但丁当年走过的路,一条普通的小路,走出非凡的人生。他在这里邂逅初恋的姑娘贝娅特丽齐,也从这里走上被放逐的路。一三〇〇年,但丁三十五岁,那一年,他遭到权贵的迫害,被当政者宣布终身流放,永远不准返回佛罗伦萨。这样的遭遇,对一般人也许是沉沦和毁灭,然而对但丁,却是一个伟大的开端。

但丁从此开始流亡生活。他说:“人不能像走兽那样活着,应该追求知识和美德。”离开佛罗伦萨,他旅行,观察,思考,游遍了意大利,认识了社会各阶层的人物。他每天都在思考生命的意义,思考国家的命运和人类的前途。他没有想到,告别故乡,就成了永远的游子,在他活着的时候,竟然再没有机会重返佛罗伦萨。晚年的但丁,定居于古城拉韦纳,将一生的经历和思考,倾注于《神曲》的创作。一个游子,客居他乡,心含着愁苦,也怀着憧憬,用鹅毛笔写出一行行奇妙的诗句。《神曲》

长达一万四千余行，但丁在诗中梦游地狱、炼狱，历经千难万险，最后抵达天堂。其惊人的想象力和深邃的思想，前无古人。但丁说过，他写《神曲》的目的是"要使生活在这一世界的人们摆脱悲惨的遭遇，把他们引到幸福的境地"，他是为爱和理想而创作。我记得《神曲·天堂篇》的结语：

只是一阵闪光掠过我的心灵，

我心中的意志就得到了实现。

要达到那崇高的幻想，我力不胜任；

但是我的欲望和意志已像

均匀地转动的轮子般被爱推动——

爱也推动那太阳和其他的星辰。

他的《神曲》，是欧洲文艺复兴的先声，也使他成为人类历史上最伟大的诗人之一。他被人称为"中世纪的最后一位诗人，同时又是新时代最初的一位诗人"。

在但丁流放期间，佛罗伦萨当局感觉将这位大诗人拒之门外很不得人心，便宣告，只要但丁公开承认错误，宣誓忏悔，就可让他回乡。然而但丁认为自己没有错，断然拒绝。一三二一年，但丁在威尼斯染上疟疾，返回拉韦纳不久便离开人世。他的遗体被拉韦纳人安葬在市中心圣弗兰切斯科教堂广场上。佛罗伦萨市政当局提出把但丁的遗体迁回故乡，遭到拉韦纳人的拒绝。也许是为了表达故乡对这位伟大诗人的歉意，佛罗伦萨当局委托拉韦纳人在但丁墓前设一盏长明灯，灯油则由佛罗伦萨永久提供。一八二九年，佛罗伦萨在圣十字教堂为但丁立了墓碑和雕像，同时把教堂前的广场命名为但丁广场。这时，离但丁辞世已经过了五百多年。

我来到但丁广场时，天已经落黑，下起了小雨。空旷的广场上不见人影，圣十字教堂在雨中，远远看去，像一个白衣巨人，孤独地站在微雨迷蒙的夜色里。教堂已经关门，我只能站在门口沉思默想。在这座教堂里，埋葬着佛罗伦萨历代的主教和显赫的权贵。但丁的墓碑，在教堂的入口处，只是一块普通的石碑，上面刻着诗人的姓名和生卒年月。然而，到这里的人们，大多只为但丁而来，为他的《神曲》而来。这应了李白诗句的意境："屈平辞赋悬日月，楚王台榭空山丘。"

教堂大门的左侧，有一尊高大的大理石雕像，是但丁的立像。台基上，刻着诗人的姓名，台基的两边，是两头大理石狮子，威严地护卫在主人的脚下。但丁穿着宽大的长袍，伫立在精致的台基上，诗人的目光，一如他故居前那尊铜像，忧郁而深邃，俯视着夜色迷茫的大地。

❖ 雨中斜塔

　　到比萨，是在黄昏时分。那是一个乌云密布的黄昏，不到五点，天色已昏暗。走进比萨古城，很远就看见了斜塔。那座古老的巨塔，确实斜得厉害，就像一个喝醉了酒的巨人，踉踉跄跄走过来，一个趔趄，身体前倾，眼看就要扑倒在地，却奇迹般地停止倾倒，定格成一个杂技般的动作。

　　站在路边，对着照相机镜头伸出一只手来，选取一个合适的角度看，那座斜塔，就被托在了手掌中。来比萨的游客，大多会做一下这个动作，不费吹灰之力，便将一座世界闻名的古塔收藏在自己的手掌中。永远无法做到的事情，在快门闪动的瞬间竟然成为一种视觉上的现实。

　　比萨斜塔其实是教堂广场上的钟楼，始建于十二世纪，历经约二百年才完工。这是一座巍峨的圆柱形白色大理石建筑，主体七层，加上顶层楼塔，共八层。每个楼层都由精致的罗马立柱环绕托举，立柱之间是圆形拱门，门廊上也雕满花纹。两百多根立柱，自下而上，构成两百多个拱门，既繁复又壮观。据说，塔身的重量，有一万四千多吨。这样结构对称完美的钟楼，当年在建筑的过程中就开始倾斜。建造的过程如此漫长，就是为了解决塔身倾斜的问题。造塔的设计师和工匠们想尽了办法，还是不能纠正它的站姿。钟楼完工后，塔顶中心点偏离塔体中心垂直线两米左右。当这座倾斜的巨塔出现在人们的眼帘中时，人人都认为它必定会倒塌，人人都为之叹息，如此美妙巍峨的石塔，竟然无法久存于世。六百多年来，因松散的地基难以承受塔身的重压，它仍然缓缓地向南倾斜。

一九七二年十月，意大利发生大地震，斜塔摇摇欲坠，整个塔身大幅度摇晃达二十多分钟。然而斜塔仍然屹立不倒。斜塔的斜而不倒，是世界建筑史上的奇迹，成为天地间的奇观。这不是建筑师的预设，而是造物主的安排，是人类建筑中的一个奇观。

中国人知道的斜塔，和物理学家伽利略连在一起。一五九〇年，伽利略曾在斜塔上做物体自由落体的实验，轰动世界。亚里士多德认为，重量和落地的速度成正比，物体愈重，落地的速度便愈快。伽利略对亚里士多德的理论提出挑战，他认为，重量不同的物体，应该以相同速度落地。亚里士多德是被奉为神明的古希腊哲人，是太阳般普照大地的理论权威，没有人敢怀疑他说过的任何话。伽利略的大胆怀疑，冒着天大的危险。然而科学不是假想，需要实验来证明。于是，伽利略捧着一大一小两个铁球，站到了斜塔的顶端……

　　我站在斜塔下面，抬头仰望，巍峨塔身就在我的头顶，仿佛马上要塌下来，古老大理石间的镶嵌痕迹清晰可见。我想，伽利略应该是站在斜塔的七层楼顶上，那里离地面数十米高，铁球从上面坠落，到地面不过几秒钟时间。此刻，天上飘着微雨，巨大的塔影在蓝灰色的天幕上晃动。我想象伽利略站在斜塔上，手里拿着一大一小两个铁球，准备做那个震惊世界的实验。那时，斜塔下一定聚集着很多好奇的观众，他们的心情是复杂的。有的人是来看伽利略出丑，在他们的眼里，挑战亚里士多德的人，一定是跳梁小丑。很多人是来看热闹，他们把站在斜塔顶上的伽利略看成了一个演员，他们未必知道两个铁球先后落地或者同时落地有什么区别。也有怀着敬慕之心的观者，他们多少了解伽利略，知道这个当时的科学家绝非等闲之辈。他要做这个实验，一定有成功的把握。他们希望伽利略成功，希望他挑战权威成功。站到斜塔顶上的伽利略，是否犹豫过？我仿佛能看到那双俯视地面的眼睛，目光中有的是坚定和自信。伽利略心里明白，他即将要做的实验意味着什么，或者纠正权威的谬误，或者身败名裂。挑战亚里士多德，不仅需要勇气和胆量，更需要严谨的科学态度。我读过有关伽利略的书，对这个故事，没有太多的描述。也许，在伽利略当众走上斜塔做实验之前，他曾经一个人带着铁球悄悄上过塔顶……四百多年前的那个物体自由落体实验，已经成为科学史上经典一幕。被认为不朽的亚里士多德理论，在两个铁球同时砰然落地的瞬间被颠覆。

我在斜塔下站了片刻，又看了旁边的大教堂。斜塔作为钟楼，其实只是教堂的附属建筑，但是，所有来这里的人，都把目光投向斜塔。我想，如果这塔是直的，那么，比萨也许永远默默无闻。

离开比萨时，突然下起雨来。开始是小雨，我在雨中疾步行走，想赶在被淋湿前走出古城，找到在城外等候的汽车。然而雨越下越大，很快就变成了倾盆大雨，翻卷在天空的乌云，全部液化成豆大的雨滴，哗啦哗啦地倾泻下来。我只能走进路边的一家店铺躲雨。

这是一家出售旅游纪念品的小店，柔和的灯光映照着无数斜塔的纪念品。陶瓷、金属、木头、绘画，大大小小的斜塔，让人看得眼花。管铺子的是一位头发金黄的姑娘，她热情耐心地陪我挑选，买了六种斜塔的纪念品。我问她是否有和伽利略有关的艺术品，她笑了："有啊，每一个斜塔中，都有伽利略的脚印。"

走出小店，雨已经停了。站在路边回望斜塔，心里陡然一惊。深蓝色的天幕上，斜塔犹如一个身披着斗篷的巨人，身体前倾着，正欲举步赶上来。

❖ 温暖的烛光

在午后灿烂而柔和的阳光下，弗拉基米尔教堂古老的天蓝色圆顶显得明亮悦目。教堂门前那条石板路也在阳光下闪烁发亮，如同一条波光晶莹的河。这条石板路被圣彼得堡虔诚的东正教徒们走了几百年，高低不平的路面如果有记忆的话，应该会记住一位俄罗斯大作家的脚步。这位作家是陀思妥耶夫斯基。

陀思妥耶夫斯基在这一带度过了他生命中最后的两年半时光。从他的住宅窗户中能看见弗拉基米尔教堂蓝色的圆顶。陀思妥耶夫斯基是一个虔诚的教徒。住在这里时，除了出门旅行或者卧病不起，他每天早晨都带着他的一对儿女上教堂。附近的圣彼得堡人都认识这位爱戴礼帽、手杖不离手的大胡子作家。这位平时面色严峻、目光深邃的先生，只要和儿女走在一起，表情便会变得慈祥可亲。这并不奇怪，一个能写出《被侮辱和被损害的》和《罪与罚》的小说家，必定是一个心地善良、感情丰富的人。

陀思妥耶夫斯基的故居在一幢普通的公寓楼中。公寓楼的大门低于地面，进门必须走下几级台阶，如同走进一个地道的入口。大门上方的一扇窗户上，挂着陀思妥耶夫斯基的照片。走进大门时，我的目光正好和照片上陀思妥耶夫斯基的目光相遇。这是一双在黑暗中凝视远方的眼睛，那沉思的忧伤的目光使我肃然起敬。陀思妥耶夫斯基的寓所在二楼，是一个有五间房子的大套间。门厅的走廊里陈列着陀思妥耶夫斯基戴过的黑色圆顶大礼帽，尽管过去了一百多年，这顶礼帽依然完好如新。站在门口，面对着走廊里的镜子和衣帽架，可以想象当年主人出门上教堂前对着镜子整理衣帽的情景。这时，他的一对儿女一定已经穿戴整齐了站在门口等候父亲……

　　陀思妥耶夫斯基逝世于一八八一年，而他的故居博物馆却到一九七一年才正式建立，其间相隔九十年。这九十年中陀思妥耶夫斯基故居一直是普通的民宅，房子数易其主，有些房客甚至不知道这里曾住过一位天才的伟大作家。这样的现象在俄罗斯似乎不合常规。因为，俄罗斯人对自己的历史、文化和艺术的珍惜是举世闻名的。在城市的街头巷尾，到处可以发现政府为一些文化人树立的塑像和纪念碑，有些人的名字人们甚至不怎么熟悉。而陀思妥耶夫斯基这样影响遍及全球的作家，为什么会遭到如此冷落？陀思妥耶夫斯基博物馆的讲解员，一位彬彬有礼的小伙子，开门见山地把答案告诉了我，他说："因为早期的苏联领导人不喜欢陀思妥耶夫斯基，把他称为'坏作家'，所以他的故居也只能默默无闻。"

如果说，以前陀思妥耶夫斯基在我的心里有一种神秘感，那么，在走进他的故居之后，这种神秘感便开始逐渐消散。

进门第一间屋子，是儿童室。墙上挂着陀思妥耶夫斯基一对儿女的黑色剪影，玻璃橱里放着父亲送给女儿的生日礼物：一些漂亮的瓷娃娃。地上是儿子玩的木马。桌上摆着几本书：普希金的儿童诗、果戈理的小说选、俄罗斯民间歌谣，这是陀思妥耶夫斯基每天晚上在孩子临睡前给他们念的读物。桌上还有一张字条，上面是六岁的儿子用歪歪扭扭的笔迹写的一句话："爸爸，给我糖果……"这间房子里的一切，都充满了父爱的温馨，令人感动。陀思妥耶夫斯基一生结过两次婚。第一位妻子是他被流放到西伯利亚时结识的，婚后不久妻子便因病而逝。第二次结婚时，陀思妥耶夫斯基已经四十六岁，而他的妻子安娜只有十九岁。安娜原是陀思妥耶夫斯基雇用的速记员，是一位善良、聪明而又坚强的女性，两人在工作中产生爱情并结为夫妻。安娜共生了四个孩子，不幸夭折了两个。活下来的一对儿女是陀思妥耶夫斯基晚年生活中的欢乐天使。在这间儿童室里，无须讲解员做更多的解释，环顾室内的摆设，便能感受到一种温暖动人的天伦亲情。

儿童室隔壁是安娜的房间，也是他们夫妇的卧室。安娜的桌上有她为丈夫做速记的手稿，也有她为日常生活开销列出的账目清单。安娜的笔迹简洁有力，从中可以窥见她坚强干练的性格。旁边一张梳妆桌上有一帧陀思妥耶夫斯基送给妻子的照片，照片上的陀思妥耶夫斯基表情严肃，照片下他的亲笔题词却充满柔情："献给我最善良的安娜。"在晚年有安娜这样一个好妻子，也许是陀思妥耶夫斯基一生中最大的幸运。安娜不仅是丈夫创作上的得力助手，在生活上对他的照顾也是无微不至。当陀思妥耶夫斯基那可怕的癫痫病发作时，只有安娜的抚慰能使他镇静。安娜乐于为自己的丈夫做任何事情。可以说，她把自己的一生毫无保留地献给了陀思妥耶夫斯基。在俄罗斯作家们的生活中，这几乎是绝无仅有的现象。难怪托尔斯泰曾发出这样的感慨：如果其他作家也有陀思妥耶夫斯基和安娜这样美满的婚姻，那么俄罗斯文学大概会更加丰富。

走过一个小餐厅，就是客厅。墙上挂着一幅宗教色彩很浓的油画，画面上耶稣从天而降，前来拯救两个正在受难的年轻人。这个客厅里，曾经高朋满座，圣彼得堡一些有名的演员、作家和医生，是这里的常客。一面墙上挂着一些当时经常来这里做客的名流们的照片。晚上，客人们陆续离去，妻子儿女们入睡了。

接下来，就是陀思妥耶夫斯基写作的时间。陀思妥耶夫斯基喜欢一个人坐在客厅的沙发上构思他的小说。他的习惯是一边吸烟，一边思索，一个晚上竟可以吸十支烟。深夜，安娜起来为丈夫煮咖啡做点心，走进客厅时，只见缭绕的烟雾包围了坐在沙发上的陀思妥耶夫斯基……

陀思妥耶夫斯基虽然也有贵族的头衔，但他并不富裕。在圣彼得堡为数不多的靠稿酬为生的作家中，他的生活极其平民化。陀思妥耶夫斯基活着的大部分时光，几乎都在拼命写作，所以有人称他为"写作机器"。我想，在很大程度上，这也是生活所迫。尽管如此，他的作品却不是那种胡编乱造的欺世之作，他的故事来自真实的生活，他的感情发自内心深处。和他同时代的作家中，很少有人像他那样不知疲倦地做着深刻思索。他的作品早已成为世界文学宝库中灿烂夺目的一部分。陀思妥耶夫斯基的生活和创作很自然地使我联想起巴尔扎克。

陀思妥耶夫斯基的书房就在客厅的隔壁。这是一间将近三十平方米的大书房，据说里面的家具和摆设一如当年。在那张柚木大书桌上，陀思妥耶夫斯基写出了《卡拉马佐夫兄弟》。书桌前有一把雕花木椅，陀思妥耶夫斯基有时也在书房里接待客人，这把椅子是客人们的专座。墙上挂着一幅油画，是拉斐尔的《西斯廷圣母》的临摹。这间书房，看上去有一种空旷冷寂的感觉，对于它是否真的保留了当年的原貌，我有些怀疑。不过毫无疑问，陀思妥耶夫斯基当年曾天天在这里伏案写作。

一八八一年二月六日上午，陀思妥耶夫斯基像往常一样正在伏案写作。桌上的一支笔被他的臂肘碰落在地上，他俯身想去捡笔，鲜血突然从口中喷出，随即扑倒在地。安娜闻声赶来，把陀思妥耶夫斯基扶到床上，然后急着要去请医生。陀思妥耶夫斯基伸出一只手，吃力而又平静地阻止她："不必了。去请牧师吧。"他自知不久于人世，不想再麻烦医生。安娜还是坚持请来了医生。在床上躺了一天，陀思妥耶夫斯基感到体力恢复了不少，居然又打算起床继续写作，然而毕竟力不从心，起来后复又躺倒。安娜坐在床边日夜陪伴着他。在昏迷中，陀思妥耶夫斯基一直把妻子的手紧握在他那瘦而宽大的手掌中。二月八日午夜，陀思妥耶夫斯基从昏睡中醒来，他从枕头边拿起一本《圣经》，随手翻开，将颤抖的手随意按在翻开的书页上，然后凝视着天花板，请坐在身边的安娜读出他的手指点到的那一部分文字。安娜看着《圣经》，低声读道："你们不要控制我，我已经找到了伟大的真理……"陀思妥耶夫斯基听罢大吃一惊，他认为这正是死神的召唤。第二天早晨八点三十七分，这位伟大的作家安然离开了人世……

我久久地站在书房门口，想象着曾发生在这间屋里的一切，想象着陀思妥耶夫斯基在这里所经历的激情悲欢。那张柚木大书桌上，点着两支风吹不灭的电蜡烛。烛光下，摊着陀思妥耶夫斯基未完成的小说手稿。桌角上，是女儿写给他的一张字条，上面写着："爸爸，我爱你。"讲解员告诉我，这两支永不熄灭的蜡烛是一种象征，象征着作家的创作永远没有停止。讲解员的解释固然很动人，然而在我的眼里，这两支闪烁着温暖光芒的蜡烛也是人间美好感情的象征。被烛光照耀的墙壁上，挂着安娜的相片，相片上的安娜永远以一种亲切宁静的微笑凝视着丈夫的书桌。烛火里，似乎也时时回响着一个小女孩纤弱而又忧伤的呼唤："爸爸，我爱你……"

也许以前很少有中国作家来这里，我们的访问使年轻的讲解员很激动。临走的时候，他问我："您认为陀思妥耶夫斯基是一位怎样的作家？"我这样回答他："他是一位伟大的作家。他的作品揭示了人类心灵中的很多秘密。他的作品是属于全人类的宝贵财富。"讲解员向我鞠了一躬，然后真诚地对我说："谢谢您的这番话。我要把您的话告诉来这里参观的其他人！"

大概是为了报答我，讲解员送给我一张印有陀思妥耶夫斯基手迹的画片。这是他的长篇小说手稿的一页，字迹密集而凌乱，从中可以看到作家思维的活跃。有意思的是他随手涂在稿纸上的一些图案。图案画的是教堂的拱门，完成的和未完成的加在一起，一共有十二扇，它们大大小小，毫无规律地分布在文字的空隙间。我想，这些门应该是陀思妥耶夫斯基的"意识流"的产物，是他的精神活动在无意间流露出来的轨迹。这些门代表什么呢？也许是一种渴望，是一种对理想境界的呼唤。作家的探索和创造，不正像在努力开启一扇扇锁着的门？有些作家打开了那些门，把门内神秘的世界展现在人们面前，使人们惊叹天地和人心的浩瀚。陀思妥耶夫斯基就是这样的作家。而有些作家，终身只能在那些锁着的门外徘徊。

❖ 庞贝晨昏

离开苏连托，汽车沿地中海开了几个小时，目标是一个神秘之地——两千年前突然消失的古城庞贝。浩瀚的海和晴朗的天相连，一片令人心醉的蓝色。蓝色的海，在夕阳映照下，更是蓝得深沉莫测，如一块巨大的墨色水晶，在碧空下漾动。

庞贝的故事，我童年时代就从书中读到过。公元七十九年八月二十四日，维苏威火山突然爆发，坐落在火山脚下的古城庞贝，被火山熔岩吞没，从人间消失。很多年后，人们才发现这座已经被埋在地下的城市，遥远古代发生的悲惨景象，被定格在火山的熔岩中，他们临死前的挣扎，他们痛苦恐惧的表情，重现在现代人的面前。在我儿时的记忆中，这个历史事件是最不可思议的事情，而庞贝，也成为我印象中神秘的地方。儿时曾经有过梦想，如果有机会出国，一定要去看看庞贝。

此刻，庞贝在望。从苏连托赶到庞贝，时近黄昏，通向庞贝古城的大门已经关闭。举目远眺，青灰色的维苏威火山默立在天边，山顶缠绕着白色的云烟，燃烧的晚霞渐渐将山影和天空融为一体……

当年维苏威火山爆发时，一艘正在海上航行的帆船看到了火山喷发的火光和烟柱，庞贝城成为山坡上的一个巨大火炬。船上的水手们想赶来救援，帆船却被从空中落下的岩浆击中，船毁人亡，勇敢的水手们成为庞贝的殉葬者。此刻，神秘的庞贝古城仿佛沉思在夕照中，静静地面对着我这个万里之外前来探寻的东方来客。

第二天清晨，从那不勒斯出发，早早赶到庞贝，古城博物馆刚刚开门。我成为这天第一批走进庞贝的人。

古老的街道沐浴在朝晖中，路面的一块块石头，如光滑的古镜反射着日光，让人感觉目眩。这光滑的石头路，被无数人的脚磨得光滑发亮。摩擦过这路面的脚，究竟是两千年前的古罗马人，还是这数百年来的近代和现代人呢？谁也无法分辨这路上的人迹了，古人今人的脚印，早已融为一体。笔直的大道印证着当年庞贝的恢宏气派，可以想象贵族的骑兵和车队曾如何在路上经过，还有那些负重而行的奴隶……古城中到处可见废墟，巨大的竞技场、浴场、贵族的庭院、工人的作坊。庞贝的繁华和奢侈，从废墟的残垣柱桩中依然能够窥见。贵族庭院中的彩色马赛克，今天看来仍鲜艳如新，浴场的豪华和排场，令今人咋舌。还有规模不小的妓院，墙上的壁画上描绘着当年庞贝人的淫乐之态。难怪有人说，庞贝的毁灭，是因为享乐过度，所以上天才点燃了惩罚之火。不过，惩罚之火的说法，无论如何难以成立。火山喷发时，庞贝的所有居民，无论尊贵卑贱，无论富贵贫穷，都遭到了惩罚，并没有因为生前未曾享乐而幸免。对两千年前的庞贝人来说，这次突然的火山爆发，无异于世界末日，在爆炸声和火焰光中，他们看见了世界和生命被毁灭的景象，一切都在火光中灰飞烟灭……

　　在一间大作坊中，我看见了那些被火山熔岩定格的死者。这些古代死者，并不是木乃伊，也不是人工的雕塑。考古学家们在凝固的火山灰中发现这些尸体的空壳，便用石膏使之复原，一批垂死者的真实雕塑，便重现在世人面前，现代人可以由此想见庞贝毁灭时发生的故事。这些石膏人模展现的，是庞贝人临死前的形状，让人心灵震撼：人们在奔跑逃命，在呼号痛哭，在突然来临的死神面前惊恐万状，有人两手抱头，蜷曲成团；有人以手掩面，靠墙跪蹲；有人躺在地上，扭曲变形……

　　一个母亲，将婴儿紧紧环抱在胸前，用自己的头、身体和四肢遮挡着火焰和岩浆，人间伟大的母爱，被凝固在这里；一对情侣，紧紧拥抱着合二为一，在夺命烈焰中，爱情成为永恒；一只大狗，扑在一个孩子身上，试图在为他遮挡住从天而降的火山灰，孩子则伏在大狗的身下，一只手紧搂着狗的脖子，人和狗相拥而亡的景象，悲惨而感人，世间的生命，就这样相亲相爱，生死依存……

如果世界真是由上天创造的，那么，这位上天创造的最伟大的东西，不是世间万物，不是宇宙，而是生命之爱。庞贝人在生命被毁灭时的表现，印证了这样的爱。

庞贝作为一座繁华的城市，再也没有恢复。然而世界并没有因为庞贝的消失而毁灭，人类依然在大地上生活繁衍。在庞贝的废墟上，鸟还在天上飞翔，牛羊还在山坡上吃草，花树还在土地中萌芽抽叶。而庞贝人在面对死神时的种种动作和神态，成为人类之爱的永恒表情，悲惨而神圣，让每一个参观者心颤，也让人思索生命的意义。

我站在庞贝的中心向远处眺望，维苏威火山呈一种神秘的青灰色，起伏在碧蓝的天空下，以沉默俯瞰着被它毁灭的城市。当年喷吐过死亡之火的山峰，也许会一直沉默下去，成为天地间永恒的谜语。

❖ 在柏林散步

　　早晨醒得早，起身出门散步。沿着宾馆对面的花园无目的地行走。花园尽头，是一个十字路口，见一片被围起来的废墟，荒草丛生，似乎有点煞风景。回宾馆后听人介绍，才知这片废墟当年就是纳粹党卫军冲锋队总部，纳粹的头领带着他们的随从常常在这里进出。对生活在柏林的犹太人来说，这就是地狱之门。盟军和苏联红军攻打柏林时，这里当然是主要的轰炸目标，炸弹将这一片楼房夷为平地。"二战"结束后，被摧毁的柏林很快开始重建，德国人在废墟上重新建造起一座新的柏林，但纳粹冲锋队遗址一直被废弃着。我想，这是一种姿态，也是一种警示。这样疯狂地镇压人民的武装机构，不应该再恢复。这废墟触目惊心地横陈在闹市中，也可以提醒人们这里曾发生过什么，提醒人们德国在"二战"中曾犯下的深重罪孽，提醒人们再不要重蹈覆辙。我很自然地想起"二战"后德国总理勃兰特访问波兰时的一幕，在被纳粹杀害的犹太人纪念碑前，他含着眼泪下跪。全世界都记住了德国总理的这个情不自禁的动作。一个敢于直面历史，勇于反思，汲取教训的民族，是可以获得谅解并赢得尊敬的。同样在二十世纪对人类犯下战争罪孽的日本，很多政客对历史的看法便大不一样，在日本，这样的姿态和提醒，似乎少见。

上午继续在城中漫步。离我们的宾馆不远，就是当年的柏林墙。隔离东西方的高墙早已倒塌，但遗迹还在。当年围墙的唯一通道，是一个壁垒森严的检查站，两面都有全副武装的军人把守。检查站的岗楼还在，楼边竖立着一块高大的广告牌。我们从东柏林一侧看，广告牌上是一个苏联军人的大照片，如从西柏林一侧看，则是一个美国军人的大照片，照片上的军人表情肃穆，目光中含着几分忧郁。那目光给人的联想是复杂的，它们折射出一段漫长的不堪回首的历史，它们和人为的分隔和敌对连在一起，和无谓的流血和牺牲连在一起。柏林墙被推倒已经十多年了，在柏林城里，那道围墙的痕迹依然清晰地被留在地上，每个自由经过这里的人都可以看到地上那道用石头铺出的墙基。我们的汽车在当年的检查站旁边停下来，我发现，那里有一家商店，店门外的墙壁上，镶嵌着一块块柏林墙的残片，残片上是彩色的绘画局部，依稀可辨流泪的眼睛、扭曲的肢体，让人产生沉重的联想。

离柏林墙检查站不远，便是当年纳粹的党卫军总部，那是一幢古希腊式的石头大厦，竟然没有被盟军的炸弹轰塌。大厦门口，有两尊石头雕像，雕的是谁已经无法辨认，当年的炮弹炸飞了雕像的上半身，我能见到的只是两个黑色的不规则残体。应该承认，这是一幢颇有气派的建筑，如果不是党卫军用来当总部，它应该也是柏林引以为豪的建筑。然而它却成了凶暴残忍的象征！当然，建筑无辜，是入住此地的纳粹党徒们有罪。很显然，这也是没有被修复的一栋建筑，其用意，大概和我们宾馆对面的那片废墟是一样的吧。被岁月熏成黑黄色的墙面上，能看到累累弹痕，惊心动魄的历史，静静地凝固在这些沉默的弹痕里。

　　在纳粹党卫军总部对面，是古老的普鲁士议会大厦。这座大厦当年也曾毁于轰炸，但战后又修复如初。早就听说德国人修复被毁建筑的功夫惊人，在柏林，眼见为实了。普鲁士议会大厦前，有一座高大的青铜坐像，那人物，眉眼间颇觉熟悉，仔细一看，竟是歌德。青铜的歌德在这里大概也坐了一百多年了，街对面那座大厦里发生的事情，都曾活动在他的视野中。崇尚自由讴歌人性的歌德，目睹自己的国度发生如此荒唐野蛮的故事，该作何感想呢？

　　看到了著名的勃兰登堡门。当年，它属于东柏林，由于它紧贴柏林墙，一般人难以走近它，在很多人心目中，它已经和柏林墙连成一体，也是咫尺天涯的隔绝象征。柏林墙的墙基，很触目地横过勃兰登堡门前面的大街，每一个穿过街道的人都会看到它踩到它越过它，此刻，它只是地上的一道痕迹了。勃兰登堡门前的广场上，有不少游览拍照的人，阳光下，门顶上那组青铜雕塑闪闪发亮。柏林墙被推倒的那一天，欢庆的德国年轻人爬到了门顶上，雕塑的马腿和人像的手足都被扭歪了，事后费了很大的功夫才将它们修复。穿过勃兰登堡门往东，就是当年的东柏林，正对勃兰登堡门的是著名的菩提树大街。我们眼帘中那些方正高大的建筑，基本上都是"二战"后建造的，一九四五年前的老柏林，已经旧迹难寻了。

不过，在柏林还是到处能看到旧时建筑，少数是残存的，大部分是重修的，如那幢堪称巍峨的国会大厦。当年希特勒利用那场不知所终的国会大厦纵火案，清洗了德国共产党，国会大厦也因此名扬大下。在我的记忆中，与此有关的是苏联电影《攻克柏林》，在这幢大厦中曾有过殊死搏杀。两个苏联红军战士将胜利之旗插上大厦圆形穹顶的镜头，令人难以忘怀。其实，这幢大厦当年也被战火严重损伤，那个巨大的绿色圆顶，几乎整个被炮火掀去。战后，大厦被修复，但那个圆顶，只留下镂空的骨架。这是战争的纪念，也可以让德国人睹物思史，反思那段耻辱的历史。在国会大厦前的草坪上散步时，我发现一个现象：在这个宽阔的草坪上走动拍照的，竟然大多是中国人，如果不看周围的建筑，真让人误以为是回到了中国。

洪堡大学也在菩提树大街边。车经过时我走进校门看了一下。洪堡大学是世界著名的大学，许多了不起的文学家、哲学家和科学家曾就教或就读于此，其中有诗人海涅、哲学家黑格尔和费尔巴哈、科学家爱因斯坦，马克思和恩格斯也曾在这里读书。曾先后有三十多个诺贝尔奖获得者在这里上学或任教。因为是星期天，静悄悄的校园里看不见人影。两棵高大的银杏树将金黄色的落叶撒了一地，落叶缤纷的草地上，有一尊大理石雕像，我不认识被雕者，是一位沉思的老人。看了雕像上的文字，方知是诺贝尔文学奖获得者特奥多尔·蒙姆森（Theodor Mommsen），这是德国历史学家，曾在洪堡大学讲授古代史，也曾任该校校长。因为他的《罗马史》写得文采斐然，获得一九〇二年的诺贝尔文学奖。此刻，这位睿智的老人独自沉思在他曾经工作过的校园里，凝视着遍地黄叶……

❖ 周庄水韵

　　一支弯曲的木橹，在水面上一来一回悠然搅动，倒映在水中的石桥、楼屋、树影，还有天上的云彩和飞鸟，都被这不慌不忙的木橹搅碎，碎成斑斓的光点，迷离闪烁，犹如在风中漾动的一匹长长的彩绸，没有人能描绘它朦胧炫目的花纹……

　　有什么事情比在周庄的小河里泛舟更富有诗意呢？小小的木船，在窄窄的河道中缓缓滑行，拱形的桥孔一个接一个从头顶掠过。贞丰桥、富安桥、双桥……古老的石桥，一座有一座的形状，一座有一座的风格，过一座桥，便换了一道风景。站在桥上的行人低头看河里的船，坐在船上的乘客抬头看桥上的人，相看两不厌，双方的眼帘中都是动人的景象。

　　周庄的河道呈"井"字形，街道和楼宅被河分隔。然而河上有桥，石桥巧妙地将古镇连缀为一体。据说，当年的大户人家，能将船划进家门，大宅后院，还有泊船的池塘。这样的景象，大概只有在威尼斯才能见到。一个外乡人，来到周庄，印象最

243

深的莫过于这里的水，以及一切和水连在一起的景物。

我曾经三次到周庄，两次是在春天，一次是在冬天。每一次都乘船游镇，然而每一次留下的印象都不一样。第一次到周庄，正是仲春，那一天下着小雨，古镇被飘动的雨雾笼罩着，石桥和屋脊都隐约出没在飘忽的雨雾中，那天打着伞坐船游览，看到的是一幅画在宣纸上的水墨画。第二次到周庄是冬天，刚刚下过一夜小雪，积雪还没有来得及将古镇覆盖，阳光已经穿破云层抚摸大地。在耀眼的阳光下，古镇上到处可以看到斑斑积雪，在路边，在屋脊，在树梢，在河边的石级上，一摊摊积雪反射着阳光，一片晶莹，令人目眩。古老的砖石和清新的白雪参差交织，黑白分明，像是一幅色彩对比强烈的版画。在阳光下，积雪正在融化，到处可以听见滴水和流水的声音，小街的屋檐下在滴水，石拱桥的栏杆和桥洞在淌水，小河的石河沿上，往下流淌的雪水仿佛正从石缝中渗出来。细细谛听，水声重重叠叠，如诉如泣，仿佛神秘幽远的江南丝竹，裹着万般柔情，从地下袅袅回旋上升。这样的声音，用人类的乐器永远也无法模仿。

最近一次去周庄也是春天，然而是在晚上。那是一个温暖的春夜，周庄正举办旅游节，古镇把这天当成一个盛大节日。古老的楼房和曲折的小街缀满了闪烁的彩灯，灯光倒映在河中，使小河变成一条色彩斑斓的光带。坐船夜游，感觉是进入梦境。

船娘是一位三十岁的农妇，以娴熟的动作，轻松地摇着橹，小船在平静的河面慢慢滑行，我们的身后，船的轨迹和橹的划痕留在水面上，变成一片漾动的光斑，水中倒影变得模糊朦胧，难以捉摸。小船经过一座拱桥时，前方传来一阵音乐，水面也突然变得晶莹剔透，仿佛是有晃荡的荧光从水下射出。船摇过桥洞，才发现从旁边交叉的水道中划过来一条张灯结彩的船，船舱里，有几个当地农民在摆弄丝弦。还没有等我来得及细看，那船已经转了个弯，消失在后面的桥洞里，只留下丝竹管弦声，在被木船搅得起伏不平的河面上缭绕不绝……我们的小船划到了古镇的尽头，灯光暗淡了，小河也恢复了它本来的面目，平静的水面上闪烁着点点星光。从河里抬头看，只见屋脊参差，深蓝色的天幕上勾勒出它们曲折多变的黑色剪影。突然，一串串晶莹的光点从黑黝黝的屋脊上飞起来，像一群冲天而起的萤火虫，在黑暗中划出一道道暗红的光线。随着一声声清脆的爆炸声，小小的光点变成满天盛开的缤纷礼花，天空和大地都被这满天焰火照得一片通明。已经隐匿在夜色中的古镇，在七彩的焰火照耀下面目一新，瞬息万变，原本墨一般漆黑的屋脊，此时如同被彩霞拂照的群山，凝重的墨线变成了活泼流动的彩光。最奇妙的，当然是我身畔的河水。天上的辉煌和璀璨，全都落到了水里，平静幽深的河水，顿时变成了一条摇曳生辉、七彩斑斓的光带，随焰火忽明忽暗的河畔楼屋倒映在水里，像从河底泛起的一张张仰望天空的脸，我来不及看清楚他们的表情，他们便在水中消失。当新的一轮焰火在空中盛开时，他们又从遥远的水下泛起，只是又换了另一种表情。这时，从古镇的四面八方传来惊喜的欢呼，天上的美景稍纵即逝，地上的惊喜却在蔓延……

　　我很难忘记这个奇妙的夜晚，这是一个梦幻一般的夜晚，周庄在宁静的夜色中变得像神奇的童话，古镇幽远的历史和缤纷的现实，都荡漾在被竹篙和木橹搅动的水波之中。

❖ 香山秋叶

天下着微微细雨，远处的山坡上，却是血红的一片，像凝结在那里的晚霞，像燃烧着的火。这就构成了十分奇异的景象，走到这里，谁都会惊讶地感叹起来。

香山红叶！果然名不虚传。

我们来得正是时候。香山的园林工人告诉我们，前几天刚下过霜，山上的树叶被霜花儿一煎，神不知鬼不觉地便由绿变红了。

沿着盘山的道路，我急急地走着。"不用急，慢慢走慢慢看，红叶一片也不会飞走的。"陪我来香山的老诗人微笑着拍了拍我的肩膀。从前，我曾在他的诗文中看到过香山红叶，他充满激情的描绘使人难以忘怀——那是血，那是火，那是生命临终前顽强的微笑……我曾经觉得不可思议——几片秋天的树叶，怎么可能构成如此惊心动魄的景象呢？

走进密密的黄栌林中了。一片黄中透红的深沉的色彩，把我们笼罩起来。从山下看到的那一大片血红的云霞，现在就铺展在我们周围，一阵风吹来，整个世界仿佛都响起了沙沙声。

这就是红叶吗？我伸手从身旁的枝丫上采下一片黄栌叶，端详之后，不禁失望了。这实在是很普通的树叶，叶面呈褐红色，中间布满棕色斑点，边缘已经枯黄，如果要为它找一个形容词，恐怕只有用"憔悴"了。我想再挑一叶好一些的，很难，模样都差不多。

老诗人也许看出了我的失望，便笑着说："想得太好了，往往就要失望。不过，这红叶还是美的，你忘了刚才在山下仰望时的赞叹吗？"他接过我手中的红叶，轻轻往山下一扔，那叶子飘飘悠悠旋转着，变成一个小小的鲜艳的红点，消失在起伏的黄栌林中。俯望脚下，竟也是一片使人眼睛发亮的红色海洋……

"有些东西，只能远眺而不能近看，只能整体看而不能个别看。红叶，大概就是这样。历尽了命运的坎坷和煎熬，怎么能再要求它们完美无缺呢？记住，这是在风霜中熬成的红色，而不是在暖洋洋的春风里吐露的红色。"

他讲得有道理。他写给香山红叶的诗文是真诚的。用生命的最后时光，顽强地为世界献出一份深沉的红色，这真是"生命临终前顽强的微笑"，这是引人深思的美！

然而，在香山，这种秋风里的微笑并不是绝无仅有的。下山的时候，我和老诗人不约而同地发现了一种辉煌的色彩，那是一团耀眼的鹅黄，像一把金光灿灿的折扇，打开在一片波动的红丝绒中。等到走近时我们方才看清楚，这色彩来自一棵高大的银杏树。

　　江南的银杏我见得不少，那些小小的扇形的树叶绿得很有灵气。秋风起后，树叶往往不知不觉便脱尽了，只留下粗壮有劲的枝干，孤独地兀立在寒冷之中。这样金黄的银杏树叶，我还是头一次见到。和红叶不一样，这些银杏叶，竟毫无憔悴之感，从叶柄到叶面，清一色的金黄，没有半点衰老的斑驳，也没有一丝枯萎的痕迹，黄得透明，黄得清新，真有点儿像绿叶初萌时那种水灵灵的质地和色泽。

　　我愕然了。老诗人也默默地观察着这棵银杏树，久久无语。为什么它不同于江南的银杏呢？也许，香山的土地，香山的秋风有什么特别的地方？

　　又一阵风吹来，冷冷的，有点儿刺骨了。满树金叶在风中沙沙地摇动着，仿佛正回答着我的疑问，然而我听不懂，听不懂它们那神秘的语言……

　　"它们笑得更美……"老诗人轻轻地说话了，像是自言自语。是的，较之这里的红叶，这些银杏叶似乎更美、更动人。这客居他乡的南方之树，在北国的寒风里骄傲地笑着，明知在世之日已经不长，却没有流露出一丝伤感和悲哀……

假如说，在山上我曾经有过一些遗憾的话，此刻，这种遗憾已经烟消云散了。老诗人的诗，又涌上了我的心：

那是血，那是火，那是生命临终前顽强的微笑！

❖ 晨昏诺日朗

　　落日的余晖淡淡地从薄云中流出来，洒在起伏的山脊上。在金红色的光芒中，山脊上那些松树的轮廓晶莹剔透，仿佛是宝石和珊瑚的雕塑。眼帘中的这种画面，幽远宁静，像一幅辉煌静止的油画。

　　汽车在无人的公路上疾驶，我的目标是诺日朗瀑布。路旁的树林里突然飘出流水的声音。开始声音不大，如同一种气韵悠长的叹息，从极遥远的地方飘过来。声音渐渐响起来，先是如急雨打在树叶上，嘈杂而清脆；继而如狂风卷过树林时发出的呼啸；很快，这响声便发展成震天撼地的轰鸣，给人的感觉是路边的丛林中正奔跑着千军万马，人马的嘶鸣和呐喊从林谷中冲天而起，在空气中扩散、弥漫，笼罩了暮色中的天空和山林……绿荫中白光一闪，又一闪。我看见了大瀑布！从车上下来，站在路边，远处的诺日朗瀑布浩浩荡荡地袒露在我的眼底。大瀑布离公路不到一百米，瀑布从一片绿色的灌木丛中流出来，突然跌入深谷，形成一缕缕雪白的水帘，千姿百态地垂挂在宽阔的绝壁上，深谷中，飞扬起一片飘忽的水雾。也许是想象中的诺日朗太雄伟，眼前这瀑布，宽则宽矣，然而那些飘然而下的水帘显得有些单薄，有些柔美，似乎缺了一些壮阔的气势。只有那水的轰鸣，和我的想象吻合。那震撼天地的声响，是水流在峭壁和岩石上撞击出的音乐，这音乐雄浑、粗犷，带有奔放不羁的野性，无拘无束地在山林里荡漾回旋。

诺日朗，在藏语中是雄性的意思。当地人把这瀑布称为诺日朗，大概是以此来象征男子汉的雄健和激情。人世间有这样倾泻不尽的激情吗？很想沿着林中的小路走近诺日朗，然而暮色已重，四周的一切都昏暗起来。远处的瀑布有些模糊了，在轰鸣不绝的水声中，在水雾弥漫的幽暗中，那一缕缕白森森飘动的水帘显得朦胧而神秘，使人感到不可亲近……晚上，住在诺日朗宾馆。躺在床上无法入睡，窗外飘来各种各样的声音，有风吹树叶的沙沙声，有山涧流水的哗哗声，有秋虫优美的鸣唱……我想在这一片天籁中分辨出诺日朗瀑布的咆哮，却难以如愿。大瀑布那震天撼地的声音为什么传不过来？也许是风向不对吧。

第二天清早，天刚微亮，群山和林海还在晨雾的笼罩之中，我便匆匆起床，一个人徒步诺日朗。路上出奇地静，只有轻纱似的雾气，若有若无地在飘。忽听背后嘚嘚有声，回头一看，是两匹马，一匹雪白，一匹乌黑，正悠然自得地向我走来。这大概是当地人养的马，却不见牧马人。两匹马行走的方向也是往诺日朗，我和它们并肩而行时，相距不过一米。两匹马并没有因为遇见生人而慌乱，目不斜视，依然沉静而平稳地踱步，姿态是那么优雅，仿佛是飘游在晨雾中的一片白云和一片黑云。到诺日朗瀑布时，两匹马没有停步，也没有侧目，仍旧走它们的路，我在轰鸣的水声中目送两匹马飘然远去，视野中的感觉奇妙如梦幻。

诺日朗又一次袒露在我的眼前。和夕照中的瀑布相比，晨雾中的诺日朗显得更加阔大，更加雄浑神奇。瀑布后面的群山此刻还隐隐约约藏在飘忽的云雾之中，千丝万缕的水帘仿佛是从云雾中喷涌倾泻出来，又像是从地底下腾空而起的无数条白龙，龙头已经钻进云雾，龙身和龙尾却留在空中，一刻不停拍打着悬崖峭壁……

沿着湿漉漉的林间小道，我一步一步走近诺日朗。随着和大瀑布之间的距离不断缩短，那轰鸣的水声也越来越大，迎面飘来的水雾也越来越浓。等走到瀑布跟前时，头发、脸和衣服都湿了。这时抬头仰观大瀑布，才真正领略到了那惊天动地的气势。云雾迷蒙的天上，仿佛是裂开了一道巨大的豁口，天水从豁口中汹涌而下，浩浩荡荡，洋洋洒洒，一落千丈，在山谷中激起飞扬的水花和震耳欲聋的回声。此时诺日朗的形象和声音，合成了一个气势磅礴的整体。站在这样的大瀑布面前，感觉自己只是漫天飘漾的水雾中的一颗微粒。我想起许多年前在雁荡山看瀑布时的情景，站在著名的大龙湫瀑布跟前，产生的联想是在看一条巨龙被钉在崖壁上挣扎。此刻，却是群龙飞舞，自由的水之精灵在宁静的山谷中合唱出一曲震撼天地的壮歌，使人的灵魂为之战栗。面对这雄浑博大、激情横溢的自然奇景，人是多么渺小，多么驯顺！

然而大瀑布跟前实在不是久留之地，因为空气中充满浓密的水雾，使人难以呼吸。赶紧往后退，退入林间小道。走出一段再往后看，诺日朗竟然面目一新：奔泻的瀑布中，闪射出千万道金红色的光芒，这是从对面山上射过来的早霞。飘忽的水雾又把这些光芒糅合在一起，缤纷迷眩地飞扬、升腾，形成一种神话般的气氛……

这时，远处的山路上传来欢呼的人声。是早起的游人赶来看瀑布了。

上午坐车上山时，绕过诺日朗背后的山坡，只见三面青山环抱着一大片碧绿的湖水，平静的湖水如同一块硕大无朋的翡翠，绿得透明而深邃，使人怀疑这究竟是不是水。当地人把这样的高山湖泊称为"海子"。陪我来的朋友指着一湖碧水，不动声色地告诉我："这就是诺日朗。"

这就是诺日朗？实在难以把这一片止水和奔腾咆哮的大瀑布联系在一起。朋友说的却是事实。三面环山的海子有一面是长长的缺口，这正是大瀑布跌落深谷的跳台，也就是我在谷底仰望诺日朗时看到的那道云雾天外的豁口。走近海子，我发现清澈见底的湖水正在缓缓流动，方向当然是那一道巨大的豁口。这汇集自千峰万壑的高山流水，虽然沉静于一时，却终究难改奔腾活泼的性格，诺日朗瀑布，正是压抑后的一次爆发和倾泻。只要这看似沉静的压抑还在，诺日朗的激情便永远不会消退。

❖ 蓝色的抚仙湖

　　云南多云，多山，也多湖。在外地人心目中，云南名气最大的湖，首推滇池，其次是洱海。抚仙湖，有多少人知道？

　　在云南地图上，那些蓝色的不规则状的翡翠，就是湖泊。我找到了抚仙湖，它在玉溪界内，离昆明不算远。论大小，还不如滇池。云南的朋友告诉我，抚仙湖的储水量，抵得上十个滇池，也抵得上十个洱海。这颇令我吃惊。

　　陈建功去过抚仙湖。在昆明聚会时，他邀我同去玉溪。他告诉我，玉溪的抚仙湖，是个极美的高山湖，值得一游。那天早晨，我们坐车从昆明到玉溪，才一个多小时，便到了抚仙湖畔。

　　从山道上远观抚仙湖，景象就很奇妙。蓝色的湖水在天地间漾动，蓝天和白云倒映在湖水中，碧波浩渺，一直荡漾到天边。天边是青灰色的群山，浮动在飘忽的云雾里。碧蓝的湖水，连着远山，连着天上的云雾，让人产生遥远的遐想。这使我想起欧洲的奥赫里德湖，去年访问马其顿，我在奥赫里德湖畔住了好几天，奥赫里德湖在马其顿和阿尔巴尼亚之间，也是一个高原湖泊，碧水连天，也是群山环绕。马其顿人把奥赫里德湖当海，湖滩便是他们的海滩。和奥赫里德湖相比，抚仙湖畔的云霞更为飘逸，因为这是云南的湖啊。听说玉溪人也把抚仙湖看成他们的海，这里还有"黄金海岸"呢。

走近抚仙湖，才发现湖水的清澈。这是绿中泛蓝的深沉之水，浪涛拍岸发出的声响，有海的气息。仔细谛视湖水，但见澄澈见底，临岸湖底的景象漂动的水草，晶莹的沙石，穿梭而过的鱼，全都清晰可见。湖波荡漾，犹如一大块透明的蓝水晶在阳光下微微晃动。目光所及，也只能是岸畔十数米的湖水而已。再往远处看，便是一片幽蓝，一片光斑炫目。如在湖中行船，绝对看不见湖底，因为，湖水极深，最深处有一百多米，是国内最深的淡水湖。湖底，是个神秘的世界。前不久，有人在抚仙湖底发现一个古城遗迹，古滇国的一个城池，囫囵地沉到了湖底，不知何年何月下水，也不明为何原因沉落，是一个千古之谜。考古学家曾下湖打捞古城遗物，中央电视台还做过现场直播，举世瞩目。湖底发现了两千年前的石雕，据说石头上雕刻着神秘的人脸，石像在深水底下微阖着眼睛，凝视湖面上的天光，期待有人来和他们对话……然而湖水太深，年代太久，要解开埋藏湖底的远古之谜，仍需要耐心和时间。这样的谜，和尼斯湖的湖怪不一样，湖怪也许永远不现身，成为真正的不解之谜，而抚仙湖湖底的谜语，总会有解开的一天。

一个埋藏着千古之谜的清澈幽深的湖，当然是一个撩人思怀的神奇之湖。湖岸曲曲折折，湖畔只要是平地，便见花树繁茂，都是风景宜人的湖滨花园。湖边有不少石头砌起的沟渠，沟渠和湖之间有木闸隔断，沟渠中有式样古老的木头水车，用脚踩动水车，能将沟渠中的水往湖里抽。这些沟渠，看来都是人工所为。玉溪的朋友告诉我们，这是"鱼洞"，是专门为捕鱼而设。抚仙湖中特产一种小鱼，名为抗浪鱼，味极鲜美。抗浪鱼有逆水前行的习惯，当地捕鱼人便想出独特的捕鱼方法，开鱼洞，用水车往湖里车水，在鱼洞口形成水流，湖里的抗浪鱼便会迎着水流游过来，逆水游向鱼洞口，无一遗漏，全都游进设在洞口的鱼篓或渔网中。以前湖里盛产抗浪鱼，后来因为水质受污染，湖里的抗浪鱼居然不见了踪影。现在，经过玉溪人多年的治理，湖水已经恢复了当年的清澈和纯净，抗浪鱼又逐渐多起来。

经过一个面积稍大的鱼洞时，有人惊呼："快看，抗浪鱼！"

我们在鱼洞边停留，清澈的水面上波光闪烁，水中，有数十条小鱼轻盈游动，随着波光的闪动，精灵一般忽隐忽现，看不清它们的真实形状。抗浪鱼，在我的记忆中留下了神秘的印象。

那天中午，在湖畔的一家农民开的饭店吃饭。吃的是铜锅煮鱼和洋芋焖饭，是当地的农家饭。大铜锅里，鱼汤鲜美，土豆和米饭混合成特殊的清香，在风中飘荡。坐在湖畔享用着天然的美食，看蓝色的湖波在绿树的枝叶间隙中闪动，这也是难以忘怀的经历。

距离抚仙湖不远的澄江县城中，有一个青铜博物馆。博物馆中陈列的青铜器，都是抚仙湖畔古滇国的遗物。这是中国唯一的县级青铜器博物馆。博物馆门口，有一尊巨大的青铜雕塑，雕的是闻名天下的牛虎铜案。牛虎铜案，是古滇国人留给世人的绝妙创造。一头大牛，腹部藏着一头小牛。牛的尾部，攀爬着一头猛虎。

两头牛，一头虎，组合成一个整体，巧妙地表现了大自然的多彩和生命的多姿。

博物馆不算大，但馆中藏品的丰富和精美，让人吃惊。古滇国的青铜器，不仅有各种日用器皿、生产工具和武器，更多的是雕有动物和人物图像的祭祀用品和装饰品，青铜塑造的人物和动物，历经千年，依然线条流畅，形体生动。青铜塑造的动物，除了牛和虎，也有狗、猪、羊、鹿、鸡、蛇，还有飞鸟。在展品中，我发现，一个小小的青铜扣饰上，竟铸造出六七个人物和动物，人物有鼻子有眼，能辨认出他们欢悦的表情，动物也是形态活泼，造型生动。由此可以窥见古滇国人的智慧，可以见证古滇国经济、文化和艺术的发达。人类的文明，很早就开始在抚仙湖畔生根长叶繁衍，开出绚烂的花朵。

在抚仙湖畔住了两夜，我欣赏到它晨昏时分朦胧的美景，也看到了它在月光下的银波闪动。抚仙湖水那天空一般深邃的蓝色，让人沉静，也让人浮想联翩。漾动的蓝色涟漪，可以把人引向无限遥远的年代。

离开抚仙湖之前，我和陈建功来到离湖岸不到六公里的帽天山国家地质公园。帽天山，其实只是一个小小的山包，却是一座闻名天下的山。二十年前，中国的古生物学家在这座山上发现了大量五亿多年前的海洋生物化石，被世人惊叹为"二十世纪最惊人的科学发现之一"。在海洋生物化石陈列馆中，我看到了那些奇妙的化石，虽然历经五亿多年，但它们的身形依然清晰地保留在淡黄色的石片上，千姿百态，如同印象派大师的画。画家们根据这些化石，在彩色的画面上复原了远古海底生物的形象，深蓝色的海水中，色彩纷呈的生灵们优雅地漂游翔舞，展示着千奇百怪的姿态，这些形象，现代人难以想象，是化石把它们带到了今天。

亿万年前，这里曾是浩瀚大洋，幽深的海底，新的生命如花一般萌发衍生，自由翔舞，如今天地间的生灵，无不起始于当年那些在海底游动的生命。这是何等神奇的事情。远古海洋的蓝色，和现在我看到的抚仙湖水的蓝色，似乎是同一种蓝色，同样的清澈，同样的深沉，同样的水天一色……在思绪飘飞的一瞬间，亿万年的岁月竟在这蓝色中悄然融合。

❖ 火焰山和葡萄沟

　　山是红色的，是火的颜色。仿佛刚刚有一场大火烧过，山上的草草木木被烧得荡然无存，只剩下光秃秃的沙土和岩石。大火余温尚在，起伏的群山依然在喷吐着热气，远远望去，真像是一朵一朵晃动的火苗……

　　这就是吐鲁番盆地中的火焰山！吴承恩在《西游记》中描绘的火焰山，就是它们。想到《西游记》，这山就更加使人觉得神秘莫测了。你看，那不算太高的峭壁上，密密麻麻地布满了黑黢黢的大大小小的洞窟。洞的形状千奇百怪，像无数神秘的眼睛，不怀好意地窥视着这个火烧火燎的世界。然而你不用担心，这些奇形怪状的洞中，绝不可能钻出牛魔王之类的鬼怪——它们是风的杰作。这里常常狂风大作，风真不愧为一位雕刻大师，竟在峭壁上镂出这些奇洞来。

　　这里，看不到一点儿生命的色彩。在大火的余烬中，怎么可能有生命存在呢！真的，你找吧，在这光秃秃的山上，不要说绿树青草，即便是指甲大一片暗绿色的地衣，你也无法找到。只有红褐色的沙土，只有烫人的石头，只有无法躲避无法驱赶的火辣辣的太阳光。你想想，深蓝色的天幕下，沉默着一片火红的山峦和荒野，那景象是何等的奇异。你会想起火星，想起月亮，想起那些没有生命的星球。唐僧当年西行取经路过这里，究竟是怎么过去的呢？当他经历了九死一生，穿越过茫茫无边的大沙漠和大戈壁，步履艰难地走进吐鲁番盆地，还没有来得及抖落满身风尘，还没有来得及驱除饥渴和疲乏，又突然迎面撞见这样一脉可怖的荒山，他将会何等沮丧，他怎么走过去的呢？当然没有神通广大的孙悟空为他开路，也没有法力无边的铁扇公主，借他一把神奇的芭蕉扇，只要轻轻一扇，就把这里扇成了清凉世界……

　　远远眺望着火焰山，我这个风尘仆仆的江南客不禁深深地感慨起来。也许在江南待得太久了，看惯了绿的颜色——绿的山，绿的水，绿的田野……仿佛这世界就应该由水灵灵的绿色组成。想不到，在同一块土地上，竟也会有如此惊人的荒芜和贫瘠。大自然的面目，并非总是温情脉脉，总是充满了生机盎然的微笑，它也有严酷无情的一面——这火焰山便是明证。这里，恐怕很难有什么生命能够怡然生存。

　　火焰山并不是我的目的地，我要去葡萄沟。据说这是一条十多里长的绿色长廊，是中国最大的葡萄园。因为有了葡萄沟，干燥炎热的吐鲁番才改变了它的形象。然而很难把火焰山和葡萄沟联想到一起，这条绿色长廊，一定是在远离火焰山的地方。小吉普车在一无遮掩的柏油公路上飞驰。路面被太阳晒得软化了，乌黑的沥青反射出耀眼的光亮，并且冒着青烟。年轻的司机却不慌不忙握着方向盘，一脸轻松的微笑。"到葡萄沟了。"他突然回过头，打断了我的遐想。

　　一片浓浓的绿色，奇迹般地在前方冒出来。我的眼睛一亮，心里却蓦然一惊：这葡萄沟，竟然紧挨着火焰山！

　　汽车很快就穿行于绿荫之中了。两行高大挺拔的钻天杨，整齐地排列在公路边，路的两侧，就是葡萄园了。沿路的葡萄架下，一些维吾尔族老人席地而坐，在那里悠闲地喝茶、吸烟、聊天。孩子们欢叫着在路边游戏，见到有车来，便笑着向路上挥手，我想，倘若车停下来，他们准会无拘无束地一拥而上的。茂密的葡萄园中，衣着鲜艳的维吾尔族少女正在摘葡萄，红的、蓝的、黄的、白的、雪青的，五彩斑斓的头巾和长裙在翠绿的葡萄藤叶中闪动，使人想起在微风中摇曳的花儿，想起在绿荫中翻跹的彩蝶。葡萄园边那些高高的土墩上，有不少用泥砖垒起的玲珑剔透、四面通风的屋子，这是用来晾葡萄干的晾房。有人在葡萄园中唱歌，那是一个清亮的男高音，歌声热烈而奔放。

我虽然听不懂歌词，但歌声所表达的情绪我是完全能体会的，那是一种昂扬的欢乐，是一种无法抑制的自豪……

在寸草不生、热浪蒸腾的火焰山下，居然真有一个美好的清凉世界！当我置身在果实累累的葡萄架下，呼吸着湿润清凉的空气，品尝着甜蜜芬芳的葡萄，顿时浑身轻松，说不出的舒爽，仿佛一条被人抛到岸上的鱼儿又回到了水中。这里是一个绿的世界。茂密的葡萄藤叶组成了绿的墙，绿的顶；在葡萄架下流动的微风、从藤叶缝隙中钻进来的斑斑点点的阳光，仿佛都是绿的。更令人惊奇的还是葡萄，那么多的葡萄，我还是头一次看到，就像无数绿色的翡翠和紫色的玛瑙，密密麻麻地挤在藤叶之间，只要伸出手，便能沉甸甸地摘下一大串。这里的葡萄品种多，有马奶子、沙巴珍珠、新疆红、玫瑰香，以及许多我无法记下的名字。这十几里地的葡萄沟，也许是世界上最甜蜜的一条山沟了！

我们在葡萄架下席地而坐。一位名叫库尔班江的维吾尔族小伙子，端来一大盘葡萄，他把葡萄放在我们面前，笑着说："吃吧，这是无核白葡萄，最好的新品种。"这葡萄呈透明的淡绿色，颗儿不大，然而一串就有一斤多，放在盘子里，就像一大捧亮晶晶的绿珍珠，使人不忍心往嘴里送。我试着吃了几颗，果然极甜，没有一点儿酸味，而且无核，一咬，就是一口凉丝丝的蜜。

库尔班江见我们吃得香甜，脸上流露出几分得意的神色。他在我们身边坐下来，一边热情地劝我们吃，一边兴致勃勃地谈了起来："这葡萄，装进箱子，运到乌鲁木齐，运到北京、上海，运到香港……全世界都喜欢吃我们吐鲁番的葡萄呢！"库尔班江告诉我，吐鲁番人种葡萄，已经有悠久的历史，早在一千多年前，这里就有了葡萄架。葡萄，是吐鲁番人的命根子。别看夏季火焰山下酷暑难熬，太阳底下能晒熟鸡蛋，到冬天，这里也冷得出奇，温度常常低到零下几十度。所以在入冬之前，人们必须把葡萄藤全部埋到泥土下，直到第二年天气转暖，才将土中的藤挖出，再搁到葡萄架上。人们的希望，将随着这满谷满沟的葡萄藤发芽、长叶、开花、结果。吐鲁番人的幸福、欢乐、爱情，几乎都和葡萄连在一起……

说着说着，库尔班江唱了起来，这是一首热情而又优美的歌。坐在一旁的司机轻轻地把歌词译了出来：

天上的星星落到了吐鲁番，

海里的珍珠飞到了吐鲁番，

葡萄熟了，

葡萄熟了，

你看风中飘着芬芳，

你听歌里流着蜜糖。

在库尔班江的歌声里，我突然又想起了唐僧，看来，刚才我是白白地为他担忧了。在火焰山下，不会渴了他，也不会饿了他，这里的人们一定会热情地款待他的。我甚至能够想象，在这里，他是如何脱下风尘仆仆的红色袈裟，如何在葡萄的绿荫下舒展疲乏的肢体，美美地嚼着香甜的葡萄，那甜津津的汁水，滋润着他干裂的嘴唇……在葡萄的主人们的帮助下，他是不愁翻不过火焰山的！据说，在离葡萄沟不远的地方，还留着唐僧当年的拴马桩呢。

我走到葡萄园的尽头，挡住去路的，是一堵黄褐色的绝壁。哦，这就是火焰山了，沿着峭壁上去，便能看到世界上最荒凉的情景！然而山脚下却是铺天盖地的绿色，是水灵灵的生命的颜色。火焰山和葡萄沟，似乎是两个决然对立的形象，一个是荒芜，是严酷，是绝无生命气息的秃山；一个是富庶，是葱翠，是生机勃勃的花果之乡。是谁，把这两者不可思议地安排在一起的呢？是大自然的鬼斧神工，还是冥冥之中的万物主宰？当然不是！从库尔班江自豪的笑容里，从葡萄园中四处飘来的歌声里，从峭壁下那条淙淙奔流的清泉中，我能找到答案——是人，是吐鲁番人，在严酷的自然环境中创造了奇迹。是他们，从遥远的雪山上引来了清凉的生命之水，在寸草不生的荒山之下，开拓出一片美丽的绿洲，在烈日炎炎的旱暑之中，收获着最甜蜜的果实。我突然觉得，即使不用翻译，我也能听懂他们的歌了，歌声中那种昂扬的欢乐和难以抑制的自豪，在我心中产生了强烈的共鸣……

是的，生命是不可战胜的。顽强的、善于创造的这些，也许就是火焰山和葡萄沟给我的启示。

❖ 万神殿的秘密

　　沿着罗马老城区蜿蜒曲折的街道，去拜访古老的万神殿。这是一座距今两千多年的建筑，竟然能经如此漫长的岁月耸立至今，实在是奇迹。

　　脚下踩着的是石板路，路边是样式质朴的石头楼房。这些楼房，历史都在千年以上，建造这些楼房时，中国正是盛唐，长安城里也在大兴土木。长安城里当年唐朝人居住过的古宅，现在大概无迹可寻。而罗马城里，这样的千年古建筑随处可见，而且，里面还住着过日子的现代人。为什么有这样的结果？很重要的一个原因，是建筑材质的不同：中国古代砖木结构的建筑，大多无法承受千百年风雨的侵袭，而那些用花岗岩和大理石垒砌而成的古罗马建筑，却在风雨中岿然不动。

　　一条小路走到尽头，眼前豁然开朗，到了万神殿所在的罗通多广场。广场中心有一座方尖碑，那是古埃及人的杰作。埃及曾是罗马帝国的属地，现在欧洲能看到的方尖碑，都是从埃及漂洋过海运来的。简朴的方尖碑，被奢华精美的罗马雕塑底座衬托，守望着距离咫尺的万神殿。这个广场，是万神殿的前庭。

万神殿果然气势不凡，八根大立柱，支撑起一个拱形门楣，巍峨庄严，是典型的古希腊风格，使人想起雅典卫城上的帕特农神庙的正门，也是八根立柱，也是拱形门楣，只是万神殿比帕特农神庙要完整得多。帕特农神庙只剩下一个骨架残垣，而万神殿却保持着建成时的模样，两千年的风雨沧桑，没有改变它的形状。不过万神殿和帕特农神庙还是大不相同的，帕特农神庙是一个巨大的矩形建筑，而万神殿的主体却是一个圆形建筑，是古希腊和古罗马建筑风格的一种融合。

上台阶，穿过被拱形门楣笼罩的门廊，经过那两扇大铜门，就进入了万神殿。这是一个巨大的圆形厅堂，地面的直径和厅堂的高度几乎相等。大殿墙上无窗，然而厅堂内日光灿烂，将四壁的景象映照得一片通明。光线何处而来？举头仰望，看见了光源：巨大的穹顶原来是镂空的，穹顶中央是一个圆孔，天光穿孔而入，照亮了厅堂。这可以说是古代建筑中的一个奇迹，直径将近五十米的圆形大厅中，没有一根柱子。圆形穹顶从建筑中腰开始向上收拢，到顶部漏出直径九米的圆孔，整个大殿，仿佛是一个开天窗的巨大球体。这样的建筑设计，必须经过精密的力学和数学的计算，可以想象两千年前古罗马科技的发达。

大殿的地面，是彩色的大理石镶嵌成的图案，光滑如镜。大殿中央的地面上，可以看到一些排列规则的小孔，它们是排水孔，下雨时，从天窗漏入的雨水，就从这里排走。

这座精美独特的恢宏建筑，最初是一个神庙，里面供奉着宇宙众神，神像环列四壁，被空中射入的天光均匀而柔和地映照着，让人瞻仰膜拜。公元六〇九年，拜占庭皇帝福卡将这座神庙送给当时的教皇博尼法乔四世，教皇把它改为教堂，用以供奉殉难的圣母。神殿变成了教堂，这也是这座建筑得以保存至今的重要原因。而古罗马的历代皇帝，在这里找到了安眠之地。我沿着大厅走了一圈，看到的是我不认识的皇帝们的陵墓和他们的雕像。那些雕像，以严肃漠然的表情凝视着我，使我感到遥远和隔膜。然而我来这里，是想寻访一位伟大的艺术家，他选择这里作为他的长眠之地。他是文艺复兴时期的伟大画家拉菲尔。拉菲尔生前为教堂创作了大量壁画，在梵蒂冈的西斯廷教堂中，他的油画至今光彩耀目，和米开朗基罗的作品比肩而立。据说拉菲尔临终时，向当时的教皇提出一个请求，希望死后能秘密埋葬在万神殿。教皇答应了他的要求。拉菲尔去世后，人们看不到他公开的墓地，他被悄悄埋葬在万神殿的一角，没有墓碑，没有人知道。但是后来人们还是发现了拉菲尔隐蔽的灵寝。灵寝低矮临壁，贴地而建，没有标识，如无人提示，绝不可能找到。拉菲尔灵寝上方，是一尊表情沉静的圣母像，出自拉菲尔的弟子洛伦泽托之手。圣母守护着的这位伟大的画家，他曾画活了《圣经》中的无数人物，使传说中的圣者和天使，成为可亲可近的凡人。

　　站在拉菲尔的墓前，我心中有一个疑问：拉菲尔为什么要选择万神殿作为他的长眠之地？是因为感慨作为一个艺术家，活着的时候地位卑微，所以梦想死后和那些天神和君王比肩？还是因为感慨万神殿的完美绝伦，是想默默葬身于此，对古代的建筑设计师、艺术家和工匠们表达他的尊敬？抑或他认为人世喧闹，只有在这神圣之地方能获一方净土安身？没有人给我答案。天光从万神殿的天窗泻入，照亮了拉菲尔墓上的圣母，圣母沉静的目光凝视着每一个寻访者。

　　万神殿在罗马是一个供人们免费参观的地方，人们可以随意出入这座古老伟大的建筑，在那圆形的穹顶下，仰望日光，遥想悠远的岁月。岁月匆忙，人生短促，不朽不灭的，是人类的智慧和艺术。

❖ 美人鱼和白崖

　　去丹麦的前一天，我在荷兰的古城代尔夫特散步。这是一个小小的市镇，在欧洲却很有名，因为这里是画家维米尔的故乡。维米尔生活的时代是十七世纪，他一生居住在这里，从未远足。但他成为荷兰历史上最伟大的画家之一。三百多年前的教堂，依然屹立在古城的中央，教堂的钟楼高耸云天，钟声响起时，全城都回荡着优美而又古意盎然的金属之音。钟声在古城上空久久飘荡，如晶莹的金属之雨，洒落在每一条小巷，飘入每一扇窗户，仿佛要把人拽回到遥远的古代。

　　在古老的钟声中，我想起了安徒生。明天，就要去丹麦，要去拜访他的故乡。路边出现一家书店，我走进去，心里生出一个念头：在这里，能否找到安徒生的书？书店门面不大，走进去才发现店堂不小。在书店的童书展柜中，我看到了安徒生童话，堆放了整整一排书架，各种不同的版本，文字版的、绘图版的，荷兰文、丹麦文、英文、法文、德文、瑞典文。我不懂这些文字，但书封皮上的图画，让人一眼就辨别出安徒生名作中的形象：《丑小鸭》《海的女儿》《卖火柴的小女孩》《皇帝的新衣》……一个金发碧眼的小姑娘，正和她母亲一起，站在书柜前翻阅这些书。

钟声还在空中回荡。还没有到丹麦，我已经听见了安徒生的声音。

❖ 在大街上

　　到哥本哈根，第一个停留的地方，是安徒生大街。这是哥本哈根最宽阔的一条大街。街上车流不断，路畔有彩色的老房子，也有高大的现代建筑。人行道上，行人大多目不斜视，步履匆匆。呈现在我眼前的，是现代的生活，和安徒生的时代似乎没有多少联系。安徒生第一次到哥本哈根的时候，才十四岁。一个来自偏僻小城的少年人，面对首都的繁华和热闹的人群，一定手足无措。他是来哥本哈根寻找生活的，他还不知道自己的人生轨迹是何种模样。那时，他大概还没有想过自己要当一个作家，据说他热爱音乐，希望成为一个歌剧演员。安徒生天生好嗓子，唱歌时也懂得用心用情，在皇家剧院试唱时，颇受那里管事人的赏识，剧院是他经常光临的场所。然而好景不长，一次伤风感冒，他的嗓子哑了，原来唱歌时发出的清亮圆润的声音，永远离他而去。

　　失去了好嗓音，对少年安徒生是一次大苦恼，是一场灾难，他再也无法圆自己当歌唱家的美梦。但少年安徒生的这场灾难，却也是文明人类的幸运，一个伟大的童话作家，因此而有了诞生的可能。试想，如果少年安徒生在歌剧舞台上如鱼得水，赢得赞美和掌声，一步步走向成功，哥本哈根可能会出现一个年轻的歌唱家，他可能会星光灿烂，显赫一时，让和他同时代的人们有机会听到他的歌声。不过毫无疑问，他的歌声和他的名声，将随着岁月的流逝，很快被人们遗忘。好在他失去了好嗓音，因而不得不放弃了做歌唱家的梦。他开始专注于写作，写诗，写小说，写戏剧，也写童话。最后，他发现自己最擅长，也是最能借以表达灵魂中的憧憬和梦想、倾诉内心爱之渴望的文体，是童话。

舞台上少了一个少年歌者，对当时的音乐爱好者来说，其实只是一个小小的损失，安徒生退场，一定还会有别的少年歌手来顶替他，也许比他唱得更好。然而丹麦和全世界的孩子们，却因此后福无穷。安徒生即将创造的文学形象，将走进千家万户，给孩子们带来欢乐，带来梦想。他把人间的挚爱和奇幻的异想，像翅膀一样插到每一个读者的心头，让读者和他的童话一起飞，飞向无限遥远美好的所在。他的童话，将叩开孩子们蒙昧的心，将他们引入阔大奇美的世界，多少人生的境界，将因为他的文字而发生美丽的改变。

安徒生的童话，每一篇都不长，却深深地打动了读者，让人垂泪，让人惊愕，让人失笑，也让人思索。他的童话中，有最清澈纯真的童心，也有历尽沧桑后发出的叹息。安徒生的童话，读者并不仅仅是孩子，成年人读这些童话，会读出更深沉的况味。一篇《皇帝的新衣》，有多么奇特的想象力，又有多么幽邃的主题。皇帝的虚荣和愚昧，骗子的聪明和狡诈，童心的纯真和无畏，交织成奇特的故事，人性的弱点和世态的复杂，在短短的故事中被展示得如此生动。这些含义深刻的童话，可以从幼年一直读到老年。作为一个人类历史上影响最大的童话作家，安徒生一生只写了一百六十八篇童话。也许，这样的创作数量，比世界上大多数童话作家的创作数量都要少。他从三十岁开始写童话，连续不断写了四十三年，平均每年创作不到四篇。我认识一些当代的童话作家，年龄并不大，已经创作了千百篇童话，数量已经远远超过了安徒生，但没有多少孩子知道他们。这样的比较，也许没有意义，世界的童话史中，只有一个安徒生，他是无可替代的。

安徒生大街很长，在临近哥本哈根市政厅的人行道上，终于看到一尊安徒生的铜像。

铜铸的安徒生穿着燕尾服，戴着他那顶标志性的礼帽，在一把椅子上正襟危坐。他面目沉静，凝视着他身边车流滚滚的大街。这是一个拘谨严肃的沉思者形象，他的表情中，似乎有几分忧戚。他的目光投向大街的对面，对面是一个古老的儿童游乐场。安徒生在世时，这个儿童游乐场就已经在这个地方。据说，他经常来这里看孩子们玩耍，孩子们活泼的身影和欢乐的嬉闹声，曾给他带来创作的灵感。

我在哥本哈根坐车或者散步时，望着周围的景色，心里常常生出这样的念头：当年，安徒生是不是在这样的景色中寻找到创作的灵感？我发现，这里的房屋，尽管比英国、法国和意大利的建筑看上去要简朴一些，然而色彩却异常鲜艳。每栋房子的颜色都不一样。站在河边的码头上看两岸的建筑，高低起伏，鳞次栉比，五颜六色挤挨在一起，缤纷夺目，就像孩子们的玩具积木，有童话的风格。我不知道是安徒生的童话影响了这里的建筑风格，还是这样的彩色房子给了安徒生创作的灵感。也许，两者兼具。丹麦朋友告诉我，安徒生曾经在河边的这些彩色房子中居住过，那时，每天傍晚，在河边的林荫路上都能看到他瘦长的身影。

哥本哈根是安徒生走向文学、走向童话、走向世界的码头。如今，哥本哈根因安徒生而生辉，安徒生照亮了哥本哈根，照亮了丹麦，这座古老城市的所有光芒，都凝集在这位童话作家的身上。

❖ 美人鱼

　　清晨，海边没有人影，美人鱼雕像静静地坐在海边。

　　安徒生创造的美人鱼，是人类童话故事中极为美丽动人的形象之一。哥本哈根海边的这座铜像，凝集着安徒生灵魂的寄托。她是美和爱的象征，也已成为丹麦的象征。前几年上海举办世博会，哥本哈根的美人鱼漂洋过海，去了一趟中国。丹麦馆中的美人鱼是上海世博会中最受人欢迎的风景。人们站在美人鱼身边拍照时，感觉就是在丹麦留影，也是和安徒生童话合影。

　　雕塑的美人鱼，如果不是下身的鱼尾，其实就是生活中的一个可爱的小姑娘。她身体柔美的曲线，她凝视水面的娴静表情，和她背后浅蓝色的大海融合成一体，这是全人类都熟悉的形象，安徒生创造的这个为爱情甘愿承受苦痛，甚至牺牲生命的美丽女子，感动了无数读者。在安徒生的童话中，《海的女儿》是一篇深挚而凄美的作品，读得让人心酸，心痛。其实这也是一篇带有精神自传意味的作品。

在女人面前，安徒生自卑而羞怯，在几种关于安徒生的传记中，我都读到过他苦涩的初恋和失败的求爱。童年时，他曾经喜欢班上唯一的女生，一个叫莎拉的小姑娘，他把莎拉想象成美丽的公主，偷偷地观察她，用自己的幻想美化她，渴望着接近她。这个被安徒生想象成公主的小姑娘，也是贫苦人家的孩子，她的梦想是长大了当一个农场的女管事。安徒生告诉莎拉，公主不应该当什么农场管事，他发誓长大了要把她接到自己的城堡里。听安徒生的这些话，惊愕的小莎拉就像遇到了外星人……这样的初恋，结局是什么呢？安徒生几乎被周围所有的孩子讥讽，甚至遭到富家子弟的打骂。更让他伤心的是，他不仅没有擒获莎拉的芳心，竟也遭到莎拉的嘲笑，小姑娘认为安徒生是个想入非非的小疯子。

　　安徒生经历过爱情的失意，拒绝或误解不止一次打击过他，伤害过他。在哥本哈根求学时，他曾经深爱过寄宿房东的女儿，但他始终不敢表白，只是默默地关注她，欣赏她，思念她。直到分手，都未曾透露心中的秘密，最后成为生命记忆中的美和痛。

　　少年时代我曾经非常喜欢苏联作家巴乌斯托夫斯基的《金蔷薇》，其中有一篇关于安徒生的故事《夜行的驿车》，是这本书中最动人的篇章。在夜行驿车上，黑暗笼罩着车厢，平时羞涩谦卑的安徒生一反在白日阳光下的羞怯，一路滔滔不绝，和四个同车的女性对话。他以自己的灵动幽默的言语，深邃智慧的见解，还有诗人的浪漫，预言她们的爱情和未来的生活。女人们在黑暗中看不清安徒生的脸，但都被他的谈吐吸引，甚至爱上了他。故事中的一位美丽的贵妇，很明确地向安徒生表白了自己对他的欣赏和爱慕，而安徒生却拒绝了这从天而降的爱情，默默地退回到黑暗中，回到他没有女人陪伴的孤单生活里。这种孤单将终生伴随他。《金蔷薇》中的故事情节，也许是巴乌斯托夫斯基的文学虚构，但这种虚构，是有安徒生的人生印迹作为依据的。

在《海的女儿》中，安徒生化身为小美人鱼，她深爱着王子，却只能默默地观望，无声地思念。为了追求爱，她宁肯牺牲性命。在那篇童话中，美人鱼的死亡和重生，交织在一起，那是一个让人期待又叫人心碎的时刻。安徒生在他的童话中这样结尾："太阳从海里升起来了。阳光柔和地、温暖地照在冰冷的泡沫上，小人鱼并没有感到灭亡。她看到光明的太阳，同时在她上面飞舞着无数透明的、美丽的生物。透过它们，她可以看到船上的白帆和天空的彩云。它们的声音是和谐的音乐……"

人间的真情和美好，有时只能远观而难以接近，只能在心里默默地欣赏、品味、期待，也许永远也无法融入现实的生活。

安徒生逝世前不久，曾对一位年轻的作家说："我为我的童话付出了巨大的代价，我要说，是大得过分了的代价。为了这些童话，我断送了自己的幸福，我错过了时机，当时我应当让想象让位给现实，不管这想象多么有力，多么灿烂光辉。"安徒生的这段话，也出现在巴乌斯托夫斯基的《夜行的驿车》中，是否真实，无法断知。说安徒生是因写童话而错过了爱情，牺牲了自己原本可以得到的幸福，其实并不符合逻辑。安徒生成名后，倾慕他的人不计其数，作为一个成功的男人，他的机会非常多。如果恋爱，成家，生儿育女，未必会断送自己的写作才华。安徒生终身未娶，还是性格所致。

生活中没有恋爱，就在童话中创造迷人的精灵，赞美善良美丽的女性。所以才有了《海的女儿》，有了这永远静静地坐在海边的美人鱼。

美人鱼所在的海边，对面是一个工厂，美人鱼的头顶上，有三个大烟囱。在晴朗的蓝天下，三个大烟囱正冒着淡淡的白烟，就像有人站在美人鱼背后悠闲地抽着雪茄，仰对天空吞云吐雾。对这样一个美妙的雕塑，这三根烟囱是有点煞风景的陪衬和背景。也许，这也是一个暗喻，在这世界上，永远不会有无瑕和完美。

❖ 他是个美男子

  雨后，石头的路面上天光闪烁，犹如一条波光粼粼的小河，在彩色的小屋间蜿蜒。

  这是欧登塞的一条僻静的小街。安徒生就出生在这条小街上，他的家，在小街深处的一个拐角上。几个建筑工人在装修故居，墙面被破开，屋内的景象站在街上就能看见，黄色的墙壁，红色的屋顶，白色的窗户，让人联想到童话的绚烂多彩。安徒生童年住的房子，是否会有这样鲜艳的色彩，让人怀疑。据说安徒生是出生在一张由棺材板搭成的床铺上，他从娘胎中一露面，就开始大声啼哭，声音之大，所有听见的人都觉得惊奇。在场的一个神父，笑着安慰安徒生的父母，他说："别担心，婴儿的哭声越响，长大后歌声就越优美。"神父怎么也想不到，这个大声啼哭的孩子，长大后会唱出多么美妙的歌。

  我站在小街上，想象安徒生童年的生活的情景。一群穿着鲜艳的孩子从我身边走过，一个个金发碧眼，叽叽喳喳地说着我听不懂的话。两个年轻的姑娘带着这些孩子，他们也是来寻找安徒生的。

毫无疑问，童年安徒生曾经在这里生活。他的喜欢读书的鞋匠父亲，他的含辛茹苦的洗衣妇母亲，他儿时的玩伴，他熟悉的邻居，都曾在这条街上来来往往。这是一个流传着女巫和鬼神故事的小镇，人们喜欢在黑夜来临时，在幽暗的灯火中传播那些惊悚的故事。安徒生对这些故事深信不疑，他常常在心里回味这些故事，并且用自己的想象丰富这些故事，让故事生出翅膀，长出尾巴。离安徒生故居不远的地方，可以看到一片树林。小安徒生曾经面对着黑黢黢的树林，幻想着在树林里作怪的妖魔，幻想着这些妖魔正从黑暗中张牙舞爪向他扑过来。有时候，他被自己脑子里出现的念头吓坏了，一路狂奔着逃回家去。

我走在这条小路上，想象着那个被自己的幻想惊吓的孩子，是如何喊叫着在铺着石板的路上跌跌撞撞地奔跑，就像一匹惶然失措的小马驹，不禁哑然失笑。

安徒生的想象力非同寻常，这想象力从他孩提时代已经显露。很多后来创作的童话，就起始于童年时的幻想。他在自己的故事中曾经这样描绘，一个古老的魔箱，盖子会飞起来，里面藏着的东西便随之飞舞，箱子里藏着什么呢？有神秘的思想和温柔的感情，还藏着天地间所有的魅力——大地上的花朵、颜色和声音，芬芳的微风，海洋的涌动，森林的喧哗，爱情的苦痛，儿童的欢笑……安徒生的魔盒，就是在欧登塞的小街和人群中开始有了最初的雏形。

　　一八一九年九月六日，十四岁的安徒生第一次离开故乡去哥本哈根。一个瘦瘦高高的男孩，手里提着一个包袱，包袱中有他心爱的书和木偶。他的口袋里，装着三十个银毫子。马蹄敲打着石板路，安徒生坐在马车上，眼里含着泪水。小城的教堂、街道和房屋后面的树林在他的眼帘中渐渐变得模糊。回首故乡，还未成年的安徒生，对故乡满怀着依恋和感激，但他对自己远走高飞的计划一点不犹豫，他相信自己的才华会被世界认识，他在那天的日记中写下这样的句子："有一天，当我变得伟大的时候，我一定要歌颂欧登塞。"他在日记中大胆地遐想着："有一天，我将成为这个高贵城市的一个奇迹，为什么不可能呢？那时候，在历史和地理书中，在欧登塞的名字下，将会出现这样一行字—— 一个名叫安徒生的丹麦诗人，在这里出生！"

　　十四岁的安徒生，将自己的未来的身份定位为诗人。那时，他还没有写童话。安徒生年轻时代写过很多诗歌，成为当时丹麦诗坛的一颗新星。但他最终以童话扬名世界。他的童话，每一篇都饱含诗意，从本质上说，安徒生终生都是一个诗人。安徒生十四岁时的预言，早已成为现实，安徒生这个名字辉煌的程度，远远超出他的预期。安徒生是欧登塞的骄傲，这个原本籍籍无名的小镇，因为安徒生而成为世界名城。到丹麦来的人，谁不想到这里来看一下。

和安徒生故居连在一起的，是安徒生博物馆。这是让全世界孩子向往的一个博物馆，也是让所有的作家都自叹不如的博物馆。

安徒生博物馆中，有一个陈列安徒生作品的图书馆，四壁的大书橱里，放满了被翻译成各种语言的安徒生童话。安徒生创作的故事，经过翻译，传播到世界的每一个角落，从欧洲、亚洲，到美洲、非洲，国家无论大小，只要那里有文字，有书，有孩子，就有安徒生童话。他的书，到底有多少译本，有多少种类，已经无法统计。在这些书柜中，我看到来自中国各地出版社的很多种安徒生童话的中文译本，从二十世纪三十年代，一直到最近几年的新译本。我读过多种关于安徒生童话的相关资料，有说安徒生童话的译本在全世界有二百多种语言，有说是八十多种语言，不同的数据落差很大。人类一共有多少种文字，谁也说不清楚，不过我相信，大多数还在使用的文字，都会有安徒生童话的译本。这里的统计数字，大概也不会精确。如果安徒生活过来，走进这个图书馆，他也许会受到惊吓。这么多来自世界各地的安徒生童话，其中大多数文字是他不认识的。

安徒生博物馆的标记，是一个圆形的剪纸人脸，样子犹如光芒四射的太阳神，这是安徒生的杰作。安徒生是剪纸高手，博物馆里，展出了不少他的剪纸作品，其中有各种形态的花卉和动物，还有形形色色的人物。剪纸，大概是安徒生写作间歇时的一种余兴和游戏，他随手将心里想到的形象剪了出来。安徒生的剪纸，最生动的还是人物。人物剪纸中有一些长臂长腿的舞者，是安徒生剪出来挂在圣诞树上的，圣诞音乐奏响时，这些彩色的纸人会在圣诞树上翩翩起舞。

有一幅小小的剪纸作品，让我观之心惊。这是一幅用白纸剪成的作品，底下是一颗心，心上长出一棵树，树梢分叉，变成一个十字形绞架，绞架的两端，各吊着一个小小的人。安徒生想通过这剪纸告诉世人什么？

安徒生曾被人认为相貌丑陋，他也因此而自卑。安徒生瘦瘦高高，小眼睛，大鼻子，他常常戴着礼帽，身着燕尾礼服，衣冠楚楚，一副绅士派头。前年夏天在纽约的中央公园，我曾见过一尊安徒生的雕像，他坐在美国的公园里，手捧着一本大书，凝视着脚边的一只丑小鸭。这尊雕像，把安徒生的头塑得很大，有点比例失调。不过美国人都喜欢这座雕像，很多孩子坐在安徒生身边和他合影。

安徒生的长相是否丑陋，现在的丹麦人看法已经完全不同。在安徒生博物馆中，有很多安徒生的照片和油画，也有不少安徒生的雕塑。照片和油画中的安徒生，忧郁而端庄，虽谈不上俊美，却也绝不是一个丑陋的男人。我仔细看了博物馆中的每一尊雕塑，其中有头像、胸像，也有和真人差不多高的大理石全身立像。这里的安徒生雕像，目光沉静安宁，脸上是一种沉思的表情。有一尊雕像，安徒生正在给两个小女孩讲故事，他满面笑容，绘声绘色地讲着，一只手在空中挥动。两个小女孩倚在他身边，瞪大了眼睛听得出神。这是一个和蔼可亲的形象。

安徒生博物馆的讲解员是一位姿态优雅的中年女士，她站在安徒生的一尊大理石立像旁，微笑着对我说："安徒生并不丑，他相貌堂堂，是个美男子。"

❖ 白色纪念碑

　　秋风萧瑟，黄叶遍地。天上飘着小雨，湿润的树林轮廓优雅而肃穆。一只不知名的鸟躲在林子深处鸣叫，声音婉转轻柔，若隐若现，仿佛从遥远的天边传来。沿着布满落叶的曲径走进树林，看见了一块块古老的墓碑。安徒生就长眠在这里。

　　这是哥本哈根城郊的一个墓园。人们来这里，是来看望安徒生。然而要找到安徒生的墓并不容易。树林中的墓，都差不多，一块简朴的石碑，一片灌木或者一棵老树，就是墓地的全部。

　　天上下着小雨，墓园中静悄悄不见人影。站在一片碑林之中，有点茫然，安徒生的墓在哪里呢？正在发愁时，不远的墓道上走过来几个散步的人。一个年轻妇女，推着一辆童车，车上有婴儿，身边跟着一条高大的牧羊犬。看到我们几个中国人，她并不惊奇。我问她，安徒生的墓地在哪里？她莞尔一笑，抬手向我身后指了一下。原来，我已站在安徒生的身旁。

　　安徒生的墓并不显赫，也没有什么特殊之处，没有雕像，没有安徒生童话中的人物，甚至没有多少艺术的气息，只是一座普普通通的墓，简洁，朴素，占据着和别人相同的一方小小的土地。

一块长方形的白石墓碑，上面刻着安徒生的生卒年月。墓碑两侧，是精心修剪过的灌木丛，如同两堵绿色的墙，将安徒生的墓碑夹在中间。安徒生的墓碑前，放满了鲜花，有已经枯萎的花束，也有沾着雨珠的新鲜的花朵。这些鲜花，使安徒生的墓和周围杂草丛生的墓地有了区别。

埋葬在安徒生周围的，是我不认识的人，他们是安徒生同时代的人物。每个人占据的墓地都差不多大，也是简朴的墓碑，上面镌刻着墓主的生卒年月。长眠在这里的人们，大概想不到自己会成为安徒生的邻居。

墓地的设计者，当然不会是长眠在墓穴中的墓主。安徒生的墓碑，设计者也不会是他本人。在丹麦，安徒生的雕像和纪念碑很多，和安徒生的童话相比，这些雕像和纪念碑，显得太平常。

我突然想起了白崖，那是丹麦海边的一座高山。离安徒生家乡二百公里的海边，有一座奇妙山峰，当地人称它为白崖。坐车去那里花了两个多小时。上坡，盘山，到一个无人的山谷。这里能听到海涛声，却看不见海。沿着一条通向林荫深处的木栈道，走向山林深处。木栈道沿着山崖蜿蜒，到一个凸出的山坡上，突然就看到了白崖。

这是耸立在海边的万仞绝壁，它确实是白色的，白得纯粹，白得耀眼。白崖下面，就是海滩，海滩的颜色，竟然是黑色的。白色的崖壁，黑色的海滩，蓝色的海水。白、黑、蓝，在天地间构成一幅神奇的图画。

栈道曲折而下，把我引到海滩上。站在海滩上仰观，白崖更显得森然，伟岸，纯净，如拔地而起的一堵摩天高墙，连接着天和海。海滩上的卵石，大多呈黑色，或者黑白相间。我不明白，为何一座白色的山崖，被风化在海滩上的碎片，却变成了黑色的卵石。这样的演变和结局，如同深藏玄机的魔术。

据当地人介绍，喜欢旅行的安徒生不止一次来这里，他曾来到白崖下，一个人坐在黑色的海滩上，遥望着深蓝色的大海，想他的心事。

眼前的山崖和海滩，和安徒生时代的相比，大概没有什么变化。安徒生来这里时，还是个年轻人，那些后来让他名扬世界的童话故事，这时还没有诞生。他坐在海边，惊叹自然和天籁的神秘奇美时，也曾让想象之翼在山海间飞舞。那些心怀着梦想的精灵，那些化成了动物之身的聪慧生灵，那些会说话思考的玩偶，也许曾随着安徒生的遐想，在白崖上自由蹁跹。

白崖，其实更像一块硕大无朋的白色巨碑，耸立在丹麦的海岸上。这才是举世无双的纪念碑，它属于丹麦，也属于安徒生。